雪的障子

[日]吉田庆子 主编

雪の障子

中国·武汉

图书在版编目（CIP）数据

雪的障子 /（日）吉田庆子主编. -- 武汉：华中科技大学出版社，2022.8
ISBN 978-7-5680-8572-4

Ⅰ.①雪… Ⅱ.①吉… Ⅲ.①散文集－日本－现代 Ⅳ.①I313.65

中国版本图书馆CIP数据核字（2022）第130595号

雪的障子
Xue de Zhangzi

[日]吉田庆子　主编

策划编辑：	郭善珊
责任编辑：	董　晗
封面设计：	伊　宁
责任校对：	张会军
责任监印：	朱　玢
出版发行：	华中科技大学出版社（中国·武汉）　电话：（027）81321913
	武汉市东湖新技术开发区华工科技园　邮编：430223
录　　排：	北京欣怡文化有限公司
印　　刷：	湖北新华印务有限公司
开　　本：	787mm×1092mm　1/32
印　　张：	5.75
字　　数：	110千字
版　　次：	2022年8月第1版第1次印刷
定　　价：	42.00元

本书若有印装质量问题，请向出版社营销中心调换
全国免费服务热线：400-6679-118　竭诚为您服务
版权所有　侵权必究

目录

树根 / 1

秋色朦胧 / 7

田园思慕 / 11

梅花的品格 / 15

我所喜好的女性容颜 / 20

雪的障子 / 23

空知川岸边 / 26

简洁之美 / 44

关于容貌之美 / 48

难以伺候的餐厅 / 53

气候与乡愁 / 64

正月拜祭 / 69

等待 / 75

料理与餐具 / 79

三位访问者 / 83

杂器之美 / 89

酒的追忆 / 106

盛夏幻影 / 119

儿时的回忆 / 124

男人之心 / 128

非凡人与凡人的遗书 / 130

欢迎光临能的世界 / 133

命运与人 / 139

瑞吉峰上一夜 / 148

陶瓷器读本（节选） / 158

翻译的苦心 / 163

论翻译 / 172

后记 / 176

树根

和辻哲郎

和辻哲郎（1889—1960），日本伦理学者、哲学家、文化史学家、日本思想史研究专家。1927年留德回到日本后，写成代表作《古寺巡礼》《风土》等作品。书中对亚洲和欧洲各地风土特性以及各自地域文化的传统特质和关系论述周密，言必有据。他是日本比较文化研究的集大成者。他的伦理学体系被称为和辻伦理学。此外，他还历时三十年独自编辑了《伦理学》（全三卷），另有重要专著《日本精神史研究》等。

一

虽然我的家被松树所环抱，我却从来没有仔细思考过松树的根在泥土里是怎么生长的。长期以来，在我的印象中，松树的身躯呈现着美丽的赤褐色，树叶却意外地呈现浅而清新的绿色。经过雨水的洗礼，它的颜色显得沉静，呈现在人们面前的是一种丰润饱满的色调。绿叶如染上泪珠一般更增添几许惹人怜爱的色泽。在骤雨初歇太阳初照时，宛若早晨飒爽的心情沉醉在树木的颜色和阳光之中，让人感受到一种明显的生命的喜悦。随处可见的可爱鸟群伴随着快活的啭声在树叶间嬉戏。这就是我熟悉的松树。

然而有一回，我在种植松树的土石崩坏的沙丘旁，目睹了它在沙土中盘根错节的复杂样貌。地上和地下是两种截然不同的景象。松树在地上的部分是树干和简单排列的枝芽以及自由舒展的针叶。与之相比，地下分化再分化的树根犹如女人的乱发，似乎殚精竭虑地在战斗、挣扎并承受苦难。其数量和树枝相较有过之而无不及，粗细不等的树根紧紧地抓牢大地。

我虽然了解树根在地底下呈现的这般风貌，但没料到面对真实的画面，还是着实大吃一惊。在我和松树朝夕相处这么长的一段时间里，它在地底下所承受的痛苦，我从未感同身受过。我听闻它的呻吟是在强风呼啸之际；我目睹它一脸憔悴是在持续了一个月干旱的艳阳天之后。然后在经历磨炼过后，又会很快地打起精神，不留下任何蛛丝马迹。而它们在我们肉眼所看不见的泥土中，一日也不懈怠地精进不已。松树美丽的枝干和树叶，以及飘荡在五月风里的绿色花粉，都有赖泥土中的孜孜矻矻。

从这件事后，我对松树以至于对所有的植物都产生了一种亲切感，植物们和我们一同活着！虽然这个事实人尽皆知，但对我来说是一个新的事实。

二

当我去爬高野山经过不动坂时，数不尽的丛立而生的巨大桧木群让我心头涌上一股不可言喻的庄严感，此地果然不负灵山之名啊！而选择在此处开山建寺的弘法大师，其真知灼见更是令我五体投地。

高野山外围所接连的层峰将它和平原分开，让山势成为一道急峻的斜面。不知已经历了多少世纪风霜的老树们，有如金刚不坏之身一般沉甸甸地矗立，没有丝毫困惑，顽强而有力地向天际延展。那股飘荡在群树之间的生命气息，如潮水般向人们袭来。我感到自己的内心深处涌起了兴奋。

我迅速将视线投向老树的根部。地上一尺之内的景物足以呈现地底下的生存斗争是何等激烈。为了要在这土层不深的山上长成亭亭巨树，粗大而强韧的根必须朝四面八方扩张，还必须紧抓地下的岩石不放。然而，符合巨树身形的根部该长成什么样呢？它们的根部相互嵌合，在单薄的地层间相互交织成复杂的网络。光是想象这个画面就让我们叹为观止了。

是啊，为了在山上这样严苛的环境下生存，树木对于周遭必须无所取舍地物尽其用。虽然通过肉眼我们无法看清全貌，却能在其中感受到一种灵气。那隐而未显努力打拼的气势，带着一袭神秘的色彩，使我们肃然起敬。

在老树的面前，我为自己根基的浅薄感到羞愧，并暗自发誓要在人们看不见的地方更加精进。现在能领悟到这一点为时未晚。

三

想要成长必须先扎下根。

不要妄想一步登天，首先应打好地基。

四

有的人在人生的起步阶段就停止成长了，这都归咎于他们忽略了根基。

有的人年近不惑却突然华枝春满、硕果累累，这都归功于稳固的下盘。

在我的朋友中，有人聪明睿智、情感丰沛且笔耕不辍，却不愿将自己的心血公之于众。他正为生活的重担所困，甚至觉得自己没有生存的价值。然而，这不过是他的根部正和地壳抗争，纠结该如何才能突破这层障碍。只要等到破壳而出的那一天，他势必一鸣惊人。我对他的前途充满信心，根基厚实的人是不会结出羸弱的果实的。

五

自古以来，伟人们无不重视厚植自己的根基，正因如此，他们的事迹才能令人再三回味。

当今，哪怕是人们不敢怠慢根部，也难保不会堕入照料盆栽之类的行当。只是思考着如何栽培出珍稀异种，如何在预定的时间结出符合订单的果实，所有的都太人工化了。

弱不禁风的根生不出凌云冲天之志。

当我们崇敬伟大的事物之时，不能不思量那伟大的根基。

六

为了厚植根基，应该尽可能地慎选土壤的质地。

为了收获果实，应该尽可能地慎选适合的肥料。

我们宣扬对于根部应有的热情，提供符合根部需求的土壤信息，而教育的目的则在于将累积了数千年的养分提供给根部吸收。这是大学教育的任务。

大学是否沦为盆栽的关键在于人,不在于制度本身。在不懂得尊重根基的经营者手上,不论进行怎样的改革,其结果也不过是五十步笑百步罢了。

七

教育即培养,为了有效地执行,首先必须将根深植于生活的这片大地。

人们是否忽略了根的作用?不论施予如何昂贵的肥料,在无法吸收的土壤中一切皆徒然。在我们的眼前,提高教养的机会和材料并不匮乏,只是我们往往忽略了是否有足够的根去吸收它。

将重心放在汝等根部吧。

摘自《偶像再兴·面与面人格 和辻哲郎感想集》
讲谈社文艺文库
2007年4月

译者 林巍翰

秋色朦胧

织田作之助

织田作之助（1913—1947），出生于日本大阪市。1935年12月，他和青山光二、白崎礼三等人创办同人杂志《海风》，1940年4月在《海风》发表《夫妇善哉》，是改造社第一届文艺推荐作品。1941年发表的《青春的反证》被政府禁止发行。一般将他看作是"无赖派"的领袖作家，且有"东太宰、西织田"之誉，但他自称彻底的现实主义者，作品处处透着平民现实生活中的破灭感与哀愁美。

秋的底下加上个心字读作愁，虽然不知道是谁造了这个字，但创作者也真是苦心孤诣了。我想此人一定是一位善感之人，敏锐地察觉到季节的递嬗，比常人更深刻地感受到秋色的渐起渐浓。我也算是一个较一般人更早些察觉到秋天脚步的人,但并非因为多愁善感,而是每天都通宵达旦之故。

打十九岁开始我就有晚上不睡觉的癖好,之后的十年间也一直如此,特别是最近被工作逼得急,几乎日日彻夜不眠,因此一整年我几乎是天天看着天空翻出鱼肚白过日子的。秋天的黎明甚美,尤其是从夏季过渡到秋季那一阵子的破晓时分。

我身长五尺八寸,体重十三贯,因为身形单薄而特别耐热,不管天气如何酷热,我都很少在夜里光着身子,总是穿着浴衣端坐书桌前。到了八月底,只穿着浴衣到天亮已能感受到些许寒意。当大家还苦于暑气而刚刚入眠时,我的肌肤已感受到凉风吹拂。不闻蝉鸣但听风铃声悠扬,窜进房间里的昆虫我想是夏季的虫子吧,用团扇扑打它,只见它发出惊惧的鸣声就呜呼了,应该是只铃虫吧。八月八日立秋后,不用看日历也能感觉到秋天来了。

四五年前的八月初,我曾去了一趟信浓①的追分。

追分、轻井泽及踏挂被称为浅间根腰三宿,虽然经历过一场大火,但那里的油屋②还保留着过去作为大名们下榻之处的风采。堀辰雄、室生犀星、佐藤春夫和其

---

① 现在的长野县。——译者注
② 即澡堂,宫崎骏作品《千与千寻》的故事就发生在"油屋"。——译者注

他文人墨客都因喜爱此地的油屋而投宿于此。堀辰雄甚至一年半载都待在大名或小百姓们居住过的房间里。和伊豆的汤岛本馆一样,这里也备受文士们的喜爱。

我搭乘的列车于晚上十点过后出发,在行经高崎一带时我虽已进入梦乡,却被突如其来的寒意给冷醒了。从白桦树林间可见明月高挂,芒草的穗轻拂车窗,无论是我的内心抑或窗外的芒花都雀跃欣喜不已。带着青光的月色仿佛黎明破晓,但此刻仍未天明。

火车通过了轻井泽,接着驶过踏挂,终于到达信浓追分了。

站务员喊着:"信浓追分!信浓追分!"我下车踏上仍处在黑暗中的月台。

就像是摇曳的煤油灯透出来的光被拉长了一样,告知车站名称的喊声也拖着长音。我所搭乘的火车从我身旁驶过,等跨过铁道之后,就是一条直通信浓追分的道路了。浅间山横亘在黑压压的阴影中,转眼间便清晰地显出其形状。天就要亮了。

我在杳无人声的道路上走了不多久便踏进森林中。前方的白桦树上挂着一个灯泡,秋天夜明时分的寂寥晕积在昏暗的灯泡周围。凝神远眺,被夜露沾湿的路旁盛开着高原秋花,闪烁着可怜的色彩。虽然在日历上时序还是夏天,但我已经深深地感受到秋天到来了。

过去我曾有一段极度孤独的时期,在某个夜里独自一人,随着木屐的声响在黢黑的街道上独行。突然间从黑暗中传来一阵木樨的香气,难以言喻的是这气味温暖了我的心房。那是在一条刚下过雨的路上。

过了两三天,我在租的房间里摆上一枝金木樨,它的芬芳抚慰了我的孤独。我深恐香气消散而紧关窗帘,然而寒风还是从空隙中悄然造访,暗自吹拂着我寂寞的心灵,使我哀伤不已。

一周过后,金木樨的香味消失了。黄色的花瓣散落于地板上,我那时正听着肖邦的《雨滴》。在我抽烟时,冰冷的空气和烟雾一起进到我的嘴里,不知为何,一股物哀之情油然而生。

摘自《织田作之助全集 第八卷》
文泉堂出版
1976年4月

译者 林巍翰

田园思慕

石川啄木

石川啄木（1886—1912），歌人、诗人、评论家。原名石川一，石川啄木是他的笔名。

啄木出生于岩手县的一个僧人家庭。代表作有诗集《憧憬》（1905）、歌集《一握砂》（1910）等。

有一位独逸的小说家在其作品中批评了抛弃田园、奔向满布煤烟和尘埃且空气污浊的都会的人们，这些可怜的移居者们虽然下定决心要和故乡一刀两断，然而只要一踏上都会的土地，便无不立刻眷恋起那古朴而又使人心安的老家。无论是神经多么迟钝的乡下人都能感受到，在吸进了都市富含杂质的空气之后，自己的肺有多么渴望家乡的空气。

他们的田园思慕之情，将从新生活的第一天起，伴随着忙碌奔波的一生逐渐加深。他们无法在都市的任何一个角落找到使其安心自适之所。都会文明之泥淖，一旦涉足就难以脱身，真是不可思议啊！这些移居者们无不怀抱着温暖的田园思慕之情而在冰冷的都会人情中离世。这些人的孩子虽然不曾亲历过故土，但在夜里睡前的床边故事中，那些山、河、高耸的天际、空旷的原野、清新的空气、新鲜的蔬菜、谷物所开出的花朵，以及与居住在当地的朴实住民间的交往……故乡的样子无不耀眼夺目，宛若童话故事中的"幸福之岛"。这些无不牵引着这些在都市生活中精疲力竭的人。

然后，他们也和第一代移居者一样过世，他们的儿子，即可怜的移居者的第三代的状况就和上述两者截然不同了。第三代和他们的父祖辈以及其故乡之间的距离将不止于空间，连在时间上故乡都成为一种遥远的存在。不仅如此，如果我们以进化的法则来观察，第三代人从呱呱坠地起所接受的教育渐渐地使其肺部组织复杂化，他们的感官也更加敏锐。感官的敏锐和道德的麻痹正是都会生活的两大要素。事实上，当他们丧失了理应对田园应有的思慕之情时，作为美德的良心也随之消失。不仅仅是对田园的思慕，他们对一切理应思慕之物的恋慕之情都灰飞烟灭。不言自明，第三代生活的惨况，较其祖辈父辈真是每况愈下。

这些事我已经想不起来是在何时何地从何人那里听来的了，或许不是听来的而是读到的，但作者是谁，作品的名称并不清楚，记住的只有内容本身。有一次，我去探问正在执笔写新小说的朋友，提及此话的内容也问不出个所以然来，然而自己心里总有块石头放不下，虽然难以置信，但这些内容好长一段时间在我脑海里挥之不去。就这样有时我会回忆起过去，也带着难以言喻的哀伤，迷茫在现时与过去之间。原来我也是"悲哀的移居者"的一分子啊！

到地方上看看就会发现任何乡村聚落都有许多年轻人因向往都会生活而无法脚踏实地地工作，我很能理解这种心情，并为此感到悲伤。这些人和他们的生活与生活在都市里思慕田园风情的人们并无二致，且十有八九直至离世都满怀着这样的思慕之情。然而，两者之间并不是毫无差别。身处田园而思慕都市之人，他们的思慕之情源自深信彼处的美好生活，这是一种憧憬的思慕，乐天而积极。然而身处都市却思慕田园之人并非如此，他们一度也曾经是都市生活的向往者，在都市陷入比以前更糟糕的境况中，萌生对过往的眷恋。他们深知，这样的思慕即使有一天实现也称不上真正的幸福。这样的思慕毫无依靠、绝望消极并带着深沉的哀伤。

被称为产业时代的近代文明增大了都市与田园之间

的鸿沟，至今仍然日复一日地不断进化，未来势必加剧。如此一来，田园之人将更加思慕都市，反之亦然。这样的矛盾的根节在何处呢？最终恐怕会让所有人类丧失思慕之物吧。

那些肺部组织复杂化、感官愈发敏锐的人们，若看到了我怀抱少年般的情怀来思慕田园之情，可能会嗤笑道："你瞧，那儿是你的理想国啊。"即使被人嘲笑也无所谓，我是不会放弃这份思慕的，反而会将其深化。时至今日，之于我的不单纯是个人的感情，而是一种权利。我相信有朝一日现代文明中所有的矛盾会整体出现，将由我们自身来彻底消灭一切的时代将会到来，我不想忘记这一点。追求安居乐业的生活是我们人类的权利。

摘自《石川啄木全集 第十卷》
岩波书店
1961 年 8 月

译者 林巍翰

梅花的品格

丰岛与志雄

丰岛与志雄(1890—1955),日本小说家、翻译家、儿童文学作家,曾任东京法政大学名誉教授、明治大学文学部教授,日本艺术院会员。丰岛与志雄在翻译方面很有建树,留下了很多优秀的翻译作品。

梅花品格高尚。

品格是一种芬芳,看不见听不着,是来自风格的馨香;不关酸甜苦辣,是一种超越所有刺激的,会之于心难以言喻之芳香;是让人不自觉耸动鼻尖感知的无色无味的气息。这独特的芬芳虽然求之而不可得,却能铭感于五内。不知此香气从何而来欲往何处,也不明其所以何故,这浮游于空气中的香味源于其暗自飘香。

梅花之香气或隐约飘扬在薄雾未明的晨光中,或在寂静的冬日白昼，或在寂寥的夕阳暮霭时分，又或在寒冷的夜里，虽难以名状，却经久弥香。梅花独特的香气超凡脱俗，品位高雅。闻其香而欲求其花者可谓俗人愚夫也，人若能不求其花身于何处，以其芬芳涤净心灵，方能识得品格之真谛。

品格也是种凛然之气魄。巍巍不动之气魄不媚俗众，不惧孤独，自食其力，不卑不亢，自若于霜雪之中，喜不形于色。清爽之气魄无过犹不及，无虚张萎靡，不欲彰显人前，也不孤单寂寞，只是满足于其所有。既不空泛又不过于饱满，无有可怖之气，不轻视一切。

梅花的气魄凌驾于霜雪之严寒，以一己之力使其花开，于料峭春寒中微笑。其绝无骄矜之情，更不妄自菲薄。无花枝春满之喧嚣，也无形单影孤之寂寥，仅严守本分，于寒空中散布其芬芳。此乃品格自身之气魄。当吾人凝观梅花之时，凡所有恐怖、蔑视、悲伤、欢喜等扰乱心神之感尽归于平静。梅花高尚的品格所显示的气魄动人心弦。

品格的本质应该正如梅花清净的白色。世间不存在被红、蓝、黄等色彩所沾染之后的清净之色。毋庸置疑，虽然红、蓝、黄等色彩也有自身的品格，然而品格本身的色调原本是白色的。仅有白色还不够，在不破坏纯白气氛的范围内，还需要点儿色彩，那鲜活的一点被纯白簇拥着的正是品格的色调。

我们也可将品格的颜色看作梅花的颜色,浮现于黎明时分薄雾的微光之中,似乎染上一抹红晕的白;在白日的天光和深夜的阴暗里略带青色的白;在皎洁的月光映照之下让人误以为是淡紫色的白。在洁白花瓣之中的色彩,是花粉黄色的小点,这正是品格的颜色。当我们凝神静观时,可以感受到心灵快然自适,这可谓领悟了品格之妙趣。

品格也带有一丝苦涩,与此同时它也有种鲜味儿。品格并不墨守成规,也不标新立异。纯粹的品格蕴含了老干与新枝,两者协调共存,老与少、旧与新共会一处,然而也同时撷取了老旧的涩味和年轻的鲜活,这是种恒久的存在。有历经风霜的傲骨,也有初出茅庐的自由畅达,兼具二者而得其安然自若。

这样的安然自若可见于梅花树上。老树曲着身,不取锐角而展其新芽,孕育新枝的能量蕴藏于老干之中,新枝凭着老干之气力向上生长,两者合和无碍而成一气。青苔满布的古树皮和鲜艳光泽的新树皮上一样开出花来,这不正是品格的彰显吗?当我们不分老干新枝眺望满园芬芳的梅花时,品格的沉静超越了轻佻和钝重,使观者了然于心。

品格稀见于当世,此物只应天上有。说品格出于地上，虽不至于葬了它本来的面目，但其高洁又不似地上之物。然而品格从天而之于地，为世上吾辈之人带来灵魂之阔朗。可以说，品格是众多桥梁中的一座，它让地上的灵魂登至九重。此故，品格应是抽象而非具象之存在，却又平易近人。

花所带来的感觉即它的品格，然而梅花不为抽象而示以具象。正因如此也有人认为它难以亲近。他们认为梅花的香气过于浓郁，其凛然之气魄不近人情，因色彩清新，树上开花过于高洁而有远离人烟之感。然而，让人不由得停下脚步的香气使人心灵澄澈，这样的感受不仅限于诗人，吾等庶民亦可感之。其原因在于梅花融合了地下和天上之吐息，让我们以新的态度来亲近梅花。正因梅花的不染烟尘和其近似于天的卓绝，更裨益于吾等芸芸众生。

在某种意义上，真正的赏梅，只要能使自己处于一种自由清静之境地，则不论是在人声杂沓的巷弄间、广袤的梅林中、人工的盆栽里，抑或明月之良宵皆可自得。并不需要美景陪衬，只要无害自然之风趣即可。在闲适的环境里，一株古木自然舒张枝干，花儿朵朵点缀其上，清香阵阵袭来。在春寒料峭的二月黎明时分，薄雾未散之时，吸一口清爽的空气，脚底下蹭着小霜柱时，似乎意识到了什么而停下了脚步，当人们凝神静观,把注意力放在鼻尖上时,其实就达到了真正的赏梅之境地。兀自屹立在那儿的老树所绽放之花朵的清新、绵延不绝的香气、寒冷清晨的空气都成了梅花的品格,深植人心。若仍有人说梅花俗气,乃是只知卑俗之物而不识高洁之物而已。

摘自《丰岛与志雄著作集 第六卷 随笔·评论·其他》
未来社
1967年11月

译者 林巍翰

我所喜好的女性容颜

黑田清辉

黑田清辉（1866—1924），号水光。西洋画家、政治家。出生于鹿儿岛。在留学法国巴黎研究法律期间认识山本芳翠，并开始学习西洋画。1896年与久米、藤岛武二等创立白马会，是明治西洋画坛革新的中心人物。1898年任东京美术学校（今东京艺术大学）教授。主要作品有《读书》《湖畔》《昔语》《朝妆》等。在其去世后，根据其遗愿，人们设立了黑田纪念馆（位于东京国立文物研究所内）。

虽然随着时代的变迁多少有些差异，但在所谓正统的古典美学方面一直有一个美学标准。然而，我觉得"古典式"的正统过于拘泥。

这样的标准若要套在日本人身上，恐怕只有混血儿才能符合标准。虽然称不上讨厌,但于作画上我想就欠缺点什么。大大的眼睛、高挺的鼻梁正是坊间所谓的美人儿必备的长相,但这些都让人感觉太死板了。

此外,我也不欣赏讨人喜爱的嘴形,或绷着脸表情丰富的脸蛋。扼要地说,我喜欢带有一丝朦胧感的容颜。

一双细长的眼睛配上从发际到眉间的大浓妆也行不通。过挺的鼻梁会适得其反。所谓的普通身材当然也有其基准,但若要细说,还是个儿高点肉少一些更显身形优美。拥有这样修长体态的正是我属意的美女。

文艺复兴时期佛罗伦萨的画作中时常出现的优雅身形之美,没有矫作之情,也没有故意将颈子的线条修饰得略长,发型也不是刻意去反映时代的样式,脸部的轮廓也尽可能地随自己兴之所至去呈现,然而未能将自己的心境传达出来。

可喜的是画中人物并没有显露出哀伤之情,而脸部呈现出进退维谷之感则为可议之处。画面中少了些柔和,谈不上雅致之作。我期待能更有优雅之感。

总的来说,东京女性的下颚要是短了可不好办,但过长更让人伤神,若真要选择的话那还是长些为好。在京都,有许多将姿态和表情隐藏起来的女性,那种感觉很不错。

摘自《绘画的未来》
中央公论美术出版
1983年6月

译者　林巍翰

雪的障子

岛崎藤村

岛崎藤村（1872—1943），日本诗人、小说家。原名岛崎春树，出生于信州木曾的中山道马笼。参加了北村透谷等创办的杂志《文学界》，以浪漫主义诗人的身份出版诗集《嫩菜集》等，开创了日本近代诗的新境界。之后转向小说的创作，发表了《破戒》《春》等代表性作品。

下了场罕见的雪。从旧历的冬季十一月起到正月尾声，干燥的冬季如果持续下去，可能连饮用水都会不够。连一滴雨水都没降下的庭院，泥土呈现出灰色的块状。在草木也面临着存亡关头之际的这场雪可谓稀罕。城市被人们引颈期盼的这场雪给缓缓地掩盖住。下雪的那晚，屋外万籁俱寂，那是被降下的雪所隐藏的安静，不是一般的安静。这寂静为苟延残喘的干旱的城市注入了生气。

　　倏忽北面的障子也亮了起来。落雪似乎将房间角落的黑暗一扫而空。只是下场雪就能让我雀跃不已,看来我不管年纪多大都还是个"雪孩子"呢。我以前住在麻布饭仓时,附近一带是丘陵地形,因此在那个区域的街道有不少陡急的坡面。对我这种生长在山城的人来说,下雪总能唤起我儿时的回忆,也总勾起我对那些踏着山间雪道工作的遥远的祖先们的思绪。

　　新雪看似寒冷,实则温暖,踏着会感觉到一种由衷的喜悦。虽然我的故乡并非被暴雪覆盖的深山区域,但每年老家门前的旧街道都会变成一条白雪大道。这条路上来往着配有皮革纽扣马鞍、麻制驱蚊拍、从鬃毛到尾巴都被雪弄湿的驮马。我的父亲和祖父都出生在这幢老屋里,他们从往昔就从事着为旅人送往迎来的工作,因此每逢下雪时节总会勾起我种种回忆,心绪被踏在山间雪道上工作的祖先们牵绊着。

　　雪中隐藏着许多许多的事物。从记忆中搜索或直接目击,其中有数不清的如幻影般存在的立像。有的用血染红了雪,有的一直端坐在深雪中。

　　正是这些雪中的动静,古人用了各式各样的方式引导我们看见了有趣的生命表现,宛如不死鸟般的鹭娘,她的深情化作古老的舞蹈流传至今。欣赏着寒冬里的牡丹花、聆听白鸽的啼叫声时，古人将寒苦的思绪牵系到雪中时鸟的那份想象力[①]，也传达着这样的信息。

在川越已经过世的母亲还是风华正茂时，曾经是一名叫松雪庵的茶道师匠的内弟子，家中流传着一则她在雪夜前往某处赴茶会的故事。茶道的师匠曾经是一名行脚诸国十多年的尼僧，成为茶人继承了松雪庵之后，终其一生都过着简朴的生活。据说即使在雪夜她也会吩咐年轻的弟子们前往仍然点着炉火的友人处煮茶。头上结着像银杏结的发髻，在飘雪如棉絮般落下时匆匆急行的人，可能热衷于风雅让她们忘却了脚下已被润湿的足袋吧！这些年轻女性的双足或许为了踏上雪夜在燃烧着吧。

雪夜急叩门，阵阵应答声。

往昔曾有过臻于此境界的人们。

摘自《图书》
岩波书店
1940 年 3 月

译者　林巍翰

[①] "源于冬牡丹千鸟よ雪のほゞとぎす"，作者松尾芭蕉。意为在下雪的庭院欣赏冬天的牡丹妙不可言。眺望着这么珍奇的花朵，让人联想起在海边啼鸣的千鸟，它也堪称世上极其珍贵的雪中时鸟。——译者注

空知川岸边

国木田独步

国木田独步（1871—1908），本名国木田哲夫，小说家、诗人。1888年入东京专门学校（早稻田大学前身）学习。在校期间开始向《青年思海》《女学杂志》等杂志投稿。之后，参加《青年文学》，1897年发表处女作《源叔父》。代表作有《武藏野》《难忘的人们》等。

一

虽然我在北海道只待了五天，但短短的五天令我对北海道的喜爱之情倍增。

在人口稠密之地发展，不论山林或原野，依靠人力弥平的风景可谓司空见惯了，中国东北的原野已足以让我心生皈依自然之情，然而看见北海道时，我竟雀跃不已。即便札幌就是北海道的东京，可满目的风景已经足够令我痴迷。

我于九月二十五日的清晨独自从札幌出发前往空知川沿岸，想起东京现今仍是残暑之候，而此时我却已换上冬装了。此地的秋日已经让人感受到叶枯冬至了。

此行的目的是与一位调查空知川沿岸的道厅官员见面，商讨土地的选定事宜。然而因我不谙地形，且不清楚北海道的官员究竟住在沿岸何处，在札幌也没有熟人，就这样在惴惴不安中搭上了前往空知太的火车。

云层紧贴石狩平原，从车窗远眺，原野和群山都满溢着自然的力量。此处无有爱与情，目之所及皆是荒凉、寂寥、冷酷、严峻的风景。此景似乎在嘲笑着人类的无力与世界的无常。

不知车内的乘客是如何看待这位将苍白的脸颊深埋于衣襟，默默地坐在车窗一隅的青年的。人们谈论着农作物、山林和土地，以及该如何运用这无限的资源来致富，他们之中有人畅饮装在玻璃瓶里的酒高谈阔论，有人叼着烟谈笑自如。他们大多是第一次在这辆车上相识，而这位年轻人只是独守寂寞并没有加入他们，他沉浸在自己的空想之中。青年并不是在思考该如何存活于这个社会，他烦恼着该于何时如何将此生托付于天地之间。因此从旁人看来，他仿佛是来自另一个世界的人，让人感到他和大家之间存在着一道不可逾越的深谷。此刻列车的这节车厢，正载着他和其他乘客穿过石狩平原。宛如他的一生，啊，孤独哪！他虽自愿置身于社会之外，心中却孤独难耐。

若是个秋高气爽的日子，我还能在郁闷中享受一些轻松，然而放眼所及的是被愈发低沉的云雾所覆盖的森林，连一道光也没有，我沉浸在几乎无法负荷的忧愁之中。

火车停靠在歌志内煤矿的某个停车场，因为车中大部分的乘客将在此换乘，留在车内的只剩下我和另外两位乘客。列车直线穿越了这片保留了几千年人类足迹的原始大森林。灰色的云雾一团又一团，忽隐忽现，就像有生命之物般默默地浮动着。

"你要往哪去呢？"突然有个男人和我搭腔，他约莫四十岁，骨架坚挺结实，留着长发，四方脸，眼神锐利，鼻子很大，看起来应该是一位颇有个性的人物，样貌不似官员也非工匠，既非百姓又非商人，据称是只有到北海道才能见到的类型，也就是在任何未开发之地都会最先出现的跋扈的山师[①]之类的人物。

"我打算到空知太。"

"你是官府的人吗？"看来他把我看成北海道厅的小公务员了。

---

① 指在山中寻矿或以买卖山林为业的人。——译者注

"不，我是为了找地而来的。"

"哈哈，虽然不知道你来空知太找什么地，不过早就没有什么像样的了！"

"那么从空知太能到空知川沿岸吗？"

"能是能，但你要去空知川沿岸的何处？这点没弄清楚的话……"

"我要去和歌山移民团所处的村落，有两位道厅的官员在那里出差，就是去那儿。总之打算先去空知太，到那儿再打听看看。"

"这样啊，如果到空知太的话，请务必到一间叫三浦屋的旅馆看看，那间旅馆的主人对这方面很熟悉，你可以请教他。不过，现在到那边的道路还没开通，稍微移动一下就得绕许多路才行，不熟悉地理的人会很麻烦。"

之后，这个男人就开始喋喋不休地谈起开垦中的困难，不同地方的难处也各不相同，因交通不便而导致好不容易收获的农作物很难送到市场上贩卖，以及使唤小佃户的方法，等等。这些事情虽然我已经从札幌的友人处了解了不少，但是仍然听他聊着，并感谢他的好意。

不久，火车到达一个萧条的车站，我也在此处下车了。从列车里出来的乘客总共也不过二十人。火车将从这里折返。

这个小车站看起来就像一座被森林围绕的孤岛，除了停车场附属的两三栋房屋以外，没有任何与人类相关的事物。当火车拉着一连串汽笛在森林里回响，余音袅袅消失在远处时，死寂回到了这座孤岛上。

有三辆可供合乘的马车在等候着，人们默默地上车。我也和刚才同车的男人搭上了同一辆马车。

一位健壮的年轻人驱使着两头体型如驴的北海道马，载着六位乘客开始跑起来，不知驶向何处，我是抱着"不论何处都行"的心情上的车。事实上，我究竟要去哪里连自己也答不上来。

三辆马车之间相隔约一町的距离，因为我乘坐的马车殿后，前面马车行经的高低不平的道路便一览无余。雾气掠过森林而飘散，穿过道路之后又飘进森林，两三片被染得鲜红的树叶离开树枝，在马车后方紧追着飞舞。驭手重重地加了一鞭，喊着："要下车了喔！"

"麻烦你在三浦屋旅馆前停一下！"男人嚷着并回头看了我一眼。我用目光向他表示了谢意。车上乘客皆默默无语，都带着一张穷极无聊的面孔沉浸在各自的思绪中。驭手又重重地加了一鞭，吹起了喇叭。身躯虽小却强劲有力的北海道健马向着大丘驰骋而去。

林地渐疏，我以为会出现一两栋移民的小屋时，眼前展开的却是一片平原。宽广的道路两侧像商家似的房屋鳞次栉比，毫无疑问这里是新开拓的市街。马车扬起喇叭声奔驰在市街上。

二

一到三浦屋旅馆,我就立即找来主人询问如何前往空知川沿岸,并说明了此行的目的。然而我得到的答案是要返回歌志内,从那儿翻过山头较为方便。

"如果搭下一班车的话,傍晚就可以到达歌志内了。今晚在歌志内投宿一宿,明天好好咨询一下再出发为好。歌志内和这里不一样,那儿有道厅政府的人,他们可能知道你要找的那位井田在哪里吧!"

如此一说才终于明白。我一味地只是沿着空知川的岸边往前走,以为这是找到那位名叫井田的官员最简便的方法,然而从三浦屋旅馆主人口中才了解到,原来从空知太到空知川的河岸,若没有向导是无法到达的,并且再往前走可能连条像样的道路都没有了。我采纳了他的建议,决定返回歌志内。下一班火车还有两个多小时的时间,我独自一人木然地待在三浦屋旅馆的二楼等候。

眼前是一片原野。砍伐后剩下的大树散布各处。可能是因为树大招风的原因,树身都光秃秃的,仅有少数枯黄的叶子附在枝干上,最后就连那几片树叶也飘落四散。雨乘着风势而来,远方被云雨所翳,无法看清。离我最近的一株柏树大概有三丈高,硕大的叶片被风吹雨打发出寂寥之声，路上一个行人也没有。

所经之时、所到之处一个熟人也没有，想找个人说话也不可得，一个人倚在旅馆的窗前静眺秋雨洒落绝非一件愉快的事情。忽然间我想起了东京的父母、弟弟和亲朋好友，这时才感受到迄今围绕在自己身边的人情是何等温暖。

男人应该立志追求理想，恰如在森林中追求自由的一方天地，切不可扭捏裹足。虽然如此自勉，实际上只是因为理想冷澈、人情温暖，自然严峻难以亲近，人类才会冀求温暖群居而已。

我在郁郁寡欢中度过了两个小时。其间小雨渐歇，从远方传来喇叭声。探头一看，在斜如细丝的雨中，一辆马车正破雨奔驰而来。我离开三浦屋旅馆，乘着这辆马车回到先前的停车场。

火车上的乘客寥寥无几。我坐的车厢内只有我一个人。我不喜欢孤零零的一个人，本想换到别的车厢，但心一横，只身倚靠在因雨雾而昏暗的车厢里，茫然地眺望着傍晚时分暮色中的云朵飘来飘去，以及像车轮般画着圆圈滚去的树林。这种时候人往往容易陷入无思无念的情绪中。既无利害又不思何去何从，无恩爱之情也无憎恶之烦恼，无失望也无希望，只是睁着双眼细细聆听。旅途中身心俱疲，在陌生的土地上，往往容易沉浸在这样的心境之中。有时意想不到的景象会深深地印刻在脑海里，经年不忘。我现在从车窗眺望到的飘荡的云朵和桦树林正是这样的风景。

火车到达歌志内的溪谷时雨已停歇，已近暮色，我走出车站，不知该投宿何处。不过到底这里是群居几千名矿夫、几百户人家的狭窄溪谷，有两三个人正在拉客投宿。其中一位引导我走过砾石遍布、灯火黯淡的街区，进入一家两层楼的旅馆，他的妻女都带着乡下人的朴实，看到她们温暖发自内心迎接我的表情时，我也不由自主地露出了微笑。

吃完晚饭，不待我召唤，主人便来到我的房间，我说明了此行的目的，希望能从他那里得到一些帮助。他听完我的话后说道："你稍等一下，我有些线索。"说完，他就离开了房间，不一会儿他又回来了。

"所以说缘分这东西还真奇妙。您放心吧，都知道了。"他就像办好自己的事一样开心地坐到我身边。

"你知道路了啊？"

"知道了，一清二楚呢！四天前有一位客人投宿在我这里，他是管理皇室用地的人，叫筱原，前辈要他去巡回看看山林的情况，因为多是野宿伤到身子，目前在我这里调养身体。听说筱原先生来这儿的前一天，好像去过空知川。我想他可能会知道，刚才向他咨询了一下。

他说道厅的出差人员都在山后的小屋。你放心吧,从这里到小屋的距离不到一里,早上出发的话午前就能返回了。"

"谢谢你,这样我就放心了。我要找的人还在小屋就好了。他始终居无定所,道厅的人也不知道他的下落呢。"

"这没问题,如果已经离开的话,问一下之前住在小屋的人就行了,应该不会走远才是。"

"总之,我明天一早就出门,能不能请你帮我找个向导呢?"

"这样啊,山路多歧,的确需要有人带路,要不带着犬子去吧。虽然他只是十四岁的小毛头,不过到空知太的路他还是知道的,带路这样的事情还是能派得上用场。"主人不厌其烦地和我说着,我真不知道该怎么感谢他。如果我今天落脚在别处肯定得不到这样的方便和亲切的招待吧。

这位店主真是一位快活的男子汉,大胆并且似乎没有什么能够让他畏惧的样子。他对我这个未曾谋面的人自然且毫不保留地流露出亲切,似乎也是他的性格使然。他以世界为家,所到之处皆故乡,其所遍历过的山河、邂逅过的人即是朋友。见到有人为事发愁,不管对方是谁,只要和他没有不愉快的过节,他立即表现出像有数十年老交情一般的关心。店主向我略述其生平,其所述和我所期相近。

他生于故乡的富裕之家,然而两个弟弟觊觎他所继承的财产,最终发展成骨肉相争的局面。因年逾七旬的老父偏爱二小弟,时不时向他央求将财产分给诸弟。然而,财产若一分为三分,则兄弟三人无一人能自活。

"所以我想了想,为了这点东西而导致兄弟相争也未免太气量狭小了。心一横就把钱分给了他们。我拿了财产的五分之一跑到了北海道。那时候犬子才九岁,一家三口来到现在这个地方。哎,人啊,到哪儿都可以活得下去,哈哈哈!"主人笑着说。

"然而有趣的是,当初给弟弟们的那些钱大概都给他们败光了。果然没有比现在这个小村更好的地方了。我给他们写了好几次信,劝他们来北海道看看,却没个回应。"

男子的所言所为使我受益匪浅。这间小旅店的主人并非我所认为的那号人物。我脑海中的人物形象添加了更多自己的想象。他应是自由而独立的,身处社会之中却不被社会所累;立于无穷的天地之间,不论身在山、海、原野或市街上,皆能无所忧惧,昂首阔步。于天涯海角之处闻其花香,居于人情温暖之间。男子生当如斯!

这种想法让我的胸襟开阔了起来,从札幌出发来到歌志内,此行与云雨结伴,我感到心境像飘在无边无垠、深碧色的天际里。

夜里十时左右我出门散步,在快速流动的云层间可以看见不停闪烁的星星。走到一处昏暗的市街,远离住的地方以后,隔着溪流横亘在我面前的是有如漆黑屏风般的育林山,山上挂着月亮,浮云偶尔会拂过山间。空气厚重而潮湿,空中吹着风,地面上只有溪流的潺潺声若隐若现。我沿着一侧是山,一侧就是崖壁的缓坡前行,当感觉走到一处略高的广场时,听见阵阵弦歌声。

沿着山望过去有一栋长屋式的建筑,在它对面还有一栋。弦歌就是从这长屋里传出来的。一栋长屋内又分为好几户,每户皆以障子做区隔,障子上映着缭乱的火光,三弦琴狂乱激昂的曲调声中交杂着笑声,没想到不问世事的矿夫们在深山幽谷中,在牛棚般的长屋里也寻得到欢乐之所。

游女矿夫川流如织,买卖双方狂歌乱舞,浮沉于世间。我走进了店里。

雨后的地面泥泞,积水处映着光,近看这栋建筑比远看更可哀,新开发之地特有的屋前障子的白色木材也在夜里显得格外显眼。地板和屋檐都很低,障子的高度直到屋檐下,障子上扭曲的破洞处显露出油灯的灯罩。光裸着上身的男子如鬼影,而乱发的酗妇的影子如夜叉般映照在墙上,声响大得感觉地板要垮掉一般。也有的屋子一片哄笑声。"喝吧！""唱吧！""当心我杀了你！""小心我揍你啊！"哄笑、激语、恶骂、欢呼、叱责声此起彼伏，小曲里艳情的歌词听了让人断肠。三弦琴有如呜咽般的曲调忽然如暴风袭来，倏忽又如春雨轻飘。在我看来，这欢乐中藏着肃杀之气，于杀气中含着血泪，是哭是笑，是笑是哭，因愤怒而歌，亦因歌而怒。啊，这些都是稍纵即逝的人生啊！几年前，这里还只是熊狼栖息的地方，流经此处的溪水时而停滞、时而湍急、时而沉稳，照映着冷澈的月光。

我路过此处时回首顾盼，在某种情绪中沉湎了一阵子。突然间，在我附近的一户人家的障子突然被拉开，走出一位男人，"啊，月亮出来啰！"我看着他仰望天空的面容，年约二十六七，是一个身长肩宽的年轻人。他打量着四周，嘴里吐着酒气，咂了咂舌头后又钻回屋里去了。

三

旅馆主人的孩子勤快地走在前头，九月二十六日清晨九点开始我便向空知川沿岸进发了。

天气阴晴不定，日光稀薄，突然间云雾从山峰和树林间窜出，把路面给包裹起来。山路比想象中易走，我和旅馆主人的孩子边走边说着故事，身心轻快。

林间目之所及的树叶皆已泛黄，槭树的叶子则被染成了深红色。就像云雾升起时隔着薄霞观花，当日光直射时，带着露水的叶子就像千万粒珍珠千万片碧玉串在一起，整座山仿佛燃烧了起来。旅馆主人的孩子和我提到空知川沿岸关于熊的事情，接着又热心地跟我讲述他小时候所听闻的有关熊的故事。走下坡道来到熊笹密林后，他稍微驻足了一会。

　　"听到河川的声音了吧？"他竖着耳朵说，"对……可以听到吧？那就是空知川，我们已经离它不远了。"

　　"好像还看不见。"

　　"怎么可能看得见？它在森林里流淌呢！"

　　我们俩在熊笹那条树丛高到头部的狭窄小径上走了一阵子，遇到了一位像是农夫的老人，我向他询问道厅出差人员所在的小屋。

　　"沿着这条小径再往前走三町左右，就到一条宽阔的新开辟的道路上了，在出了那条路向右后转的第一间小屋。"老人说完就走了。

　　从歌志内出发后，这是我遇到的唯一的一位路人，途中也没看到任何小屋状的建筑。见到这位老人后，我对空知川沿岸现有的开垦者人数已了然于心了。

　　穿过熊笹的小径后，接着上了一条出乎意料直线贯通森林的大道，这条大道宽达五间房以上。然而道路两旁尽是密林,林中树高二丈以上,有许多大树长到三丈之高。这么宽阔的大道似乎也是挖开通向铁道路线的。看到这条大道才明白热心开发事业的道厅官员不知道在运营中遇到了多少困难。

大道尽头右侧有一间在内地绝对无法看到的奇异的小屋。小屋的左右和后方的森林皆被铲平,开辟出一片平地。幸运的是,我在这里碰上了道厅的属官井田和他的一位同伴。

对我来讲,课长的热情介绍和他们的亲切接待已经足够了,更让我吃惊的是,他们似乎早就知道我的情况,包括我写的那些芜杂的文章。没想到不知不觉之间,在北海道这种地方还有读者。

两个人在了解我的目的后,摊开了空知川沿岸的地图,以他们的经验为我选定了六个地区。这六块地都是为了移民划分出来的,一个区有一万五千平方米的土地。

谈完正事之后,话匣子就打开了。

小屋不过三四间① 大小,屋顶和周围的墙壁大部分都贴着巨木树皮,只有地板使用的是板子,上面还铺有草席。出入口也是由树皮搭配包裹,这就是开垦者

---

① 根据日本1891年的度量衡法规定1间等于6尺,1间约1.8181818米,60间为1町。1952年计量法制定后,1958年12月31日停止使用。——译者注

的家，这就是他们的堡垒。屋里一隅有一个长方形的大灶，上面可放置火钵、灶和烟草盆，到了冬天则可充当暖炉。

"冬天的时候待在这小屋里不好受吧？"

井田笑着说："尽管如此，开垦者们都住在这样的小屋里。怎么样，熬得住吗？"

"虽然早有心理准备了，但若有个什么意外的话，也挺困扰的吧？"

"这里的冬天是你想象不到的严酷喔，到时候实在熬不下去，你可以到札幌来避避冬，不过天寒地冻冬眠似的困在家中，到哪儿都一样！"

另外的官员笑着说："这样的话还不如打一开始就将土地交由佃农，自己住在札幌为好。"

我想让他们看看我的决心，说道："如果真是这样，冷得不得不逃到札幌的话，我不如好好待在东京搞开拓呢。我什么都忍得下来的。"

井田说："是这样啊，如果下了雪，可以在这个灶上点起篝火，这里可不缺柴。如果是您的话，还可以搬来一大堆书，在这里好好用功呢。"

我忍俊不禁："这意思是等融雪的时候让我变成大学者吧！"

谈话间，外面突然传来啪啦啪啦的雨声。我出门一探究竟，此时日光已转稀薄，云朵安静地流动着，越过寂静的森林。

我将旅馆主人的孩子留下，走出小屋，一个人在附近散步。

这真是一条怪异的道路啊。人类破坏了几千年的森林，凭借人力战胜自然，再创造出一条平坦的大路。举目所及，道路两旁的森林"淹没"了一切，没有一丝人影，也无一缕轻烟，人声亦不可闻，只有树木寂寥地耸立在周围。

我了解时雨之声的寂寥，但从未经历过原始大森林深邃的时雨之声的寂寥。这声音其实是自然幽寂的私语。在森林深处，闻此声音者，无不感受到有人在嘲讽受造之物，感受到自然的无限威力。怒涛、暴风、疾雷和闪电皆为自然虚张声势的恫吓。自然界真正撼动人心的时候是它最安静的时刻。当高远的苍天不发一语，静静地凝视着下界时；在过去不容人迹涉足的森林深处，当枯叶无风落地时，自然似乎正伸着懒腰说："哟，天色不早了！"然而，对人类来说，刹那已经飞驰了千年光阴。

我巡视着两侧的森林继续往前行，发现左侧有一处林地较为稀疏。拨开脚下的草丛继续前进，倏忽回首，不知何时我已身处森林的深处。我在一棵横倒的枯树上坐了下来。

我感到林地里渐渐暗了下来,从高处的树枝上又啪啦啪啦地落下雨点。刚感觉到雨的时候雨就停了下来,森林又恢复了那片寂静。

我盯着森林深处逐渐变暗的地方看了好一阵子。

社会在哪里?人类自负地传唱着的"历史"又在哪里?此时此地,人类只是"生存"本身,只能感受托身于自然的一呼一吸罢了。俄国诗人曾言,静坐森林中,感觉到死亡阴影的逼近。事实上正是如此。他还叹息道:"当人类最后一个人从地球上消失时,一片树叶为其落下。"

在深邃幽暗的森林中静坐,一如死亡般的静寂、寒冷,谁都无法逃避这样的威逼。我忘我地沉浸在恐怖的空想中。

突然从林外传来"先生!先生!"的叫喊声。我急忙跑出去,看到旅馆主人的孩子正站在那儿。

"如果事情办完了就早点回去吧!"

我俩回到小屋后,井田说:

"要不,今天在这里住一晚试试看?"

之后,我最终没有再次踏上北海道的土地,因为家里有些事让我不得不取消开垦计划。但现在一回想到空知川沿岸，那冷峻的自然仍然牵动着我的心。

到底是什么原因呢？

摘自《现代日本文学大系十一　国木田独步·田山花袋集》
筑摩书房
1970年3月

译者　林巍翰

简洁之美

上村松园

上村松园（1875—1949），日本画家，生于京都，本名上村津祢，也曾使用常子作名字。她是明治、大正、昭和时期十分活跃的画家，以日本画的传统手法为基础创作了高格调的美女画。上村12岁小学毕业后进入日本刚刚成立不久的绘画学校。后相继师从铃木松年、幸野梅岭、竹内栖凤等大师。15岁时以作品《四季美人图》参展劝业博览会，获得一等奖，被传为京都天才少女。1948年作为女性首次获得日本文化勋章。

能乐的动作幽微而高雅，演出时服装富有色彩的跃动感和优美的曲线，声音和曲调中带着豪壮和沉痛。这些元素浑然一体，震撼着观众的心灵。

在寂静幽玄的气氛中，能乐带着剑拔弩张的强烈紧迫感，给人以啜泣般颤抖的奇妙感受，这是笔墨难以形容的至高境界。

我常和松篁一起去观赏能乐。为了摹写能剧的表演者、面具和道具，我们会特别选择靠近前方的位置。然而，往往是越看越被其精妙给吸引住，而将本来的目的忘得一干二净。

当人们欣赏一副精致的能乐面具时，一定能够切身感受到制作者的苦心孤诣。

能乐的装束，华丽中饱含沉静之美，着实令人赞赏。

能乐舞台上所有的道具，不论是船只、神舆，还是车辆，哪怕是最不起眼的物件，也都尽得简洁之精妙。

将有形之物简化到极致时，就能体现物件的不凡之处，能乐的道具将简洁演绎得无可挑剔。

在能乐里，我们触目所及的都是美的沉淀和精致。

能乐可以大开大阖，其精细入微之处却没有什么能出其左右。

能乐里的道具和乐曲有其相通之处，虽然情节简单，但表现极为细腻。

能乐中没有一样东西是多余的，正因如此，人们才能在其缓慢的节奏中感受到揪心的紧迫感。

世上像能乐般光芒闪烁却如此内敛的艺术形式并不多见。

能乐的简洁和绘画作品中线条笔触的精炼是同一类型的美。

简洁之美不仅出现在能乐和绘画里,同时也隐藏在所有类型的艺术中。我们的日常生活中,何处不见简洁之美的芳踪呢?

我从谣曲《葵之上》得到启发,创作了一幅描绘怨灵的画作《焰》。

我去拜访金刚岩先生与他讨论创作题目和其相关的事情时,无意中透露出自己对于如何表现忌妒中的女人之美感到困惑。当时金刚先生的赐教如下:

"在能乐的世界里,充满忌妒之情的美女的面具的眼白处会施以金泥,这个手法称作'泥眼'。每当金泥闪烁,会闪耀着异样的光彩,那表情让人觉得泪珠还停留在女人的眸子上。"

原来如此啊!金刚先生的一席话让我茅塞顿开,从而了解到泥眼所具有的不可思议的魅力。

回去以后,我立刻将画中女人的眼睛背面绢布的地方涂上金泥试了一下。

于是乎,女人幽怨的眼中立刻闪烁出异样的光彩,产生了意想不到的效果。

"泥眼"这个词,不论是用眼睛看还是用耳朵听,都能够让见闻者有所感悟。金刚先生能以泥眼点出我的盲点,可见其伟大之处。大师就是大师,让人肃然起敬。

摘自《青眉抄·青眉抄拾遗》
讲谈社
1976 年 11 月

译者　林巍翰

关于容貌之美

伊丹万作

伊丹万作(1900—1946),日本著名剧作家、电影导演、演员、插画家,出生在松山。1912年,进入松山中学,与同是插画家的伊藤大辅是一生的挚友。后来为伊藤大辅创作剧本。1927年,他作为演员而进公司向谷崎十郎学习。1928年,作为副导演兼剧作家,他参加片冈千惠藏的电影拍摄。长子为有名的电影导演、演员伊丹十三,长女是大江健三郎的夫人。

人只有到快要寿终正寝的时候,才会显露出此人这辈子应有的相貌。

没人知道这张容颜何时才会出现,简单来说,这意味着没有任何精致的造型比人的脸所被赋予的本质更加优越,它是一种界限。

我有时会照照镜子端详一下自己,对这张过于不端正的脸深感厌恶。为了调整自己的脸型以达到可以忍受的程度,我紧咬齿列,然后皱起眉头,绷紧脸上的肌肉,不得不做出一副像是要找人吵架的样子。然而,要我一整天绷着这张脸让我怎么活啊!

或许在我一个人恍神发呆的时候所呈现的是一副邋遢不堪的表情吧。

一想到自己在某个时候会露出这张脸来就不由得忧郁起来。

我有时会想,不论是装模作样还是有意无意,如果有那么一天自己能拥有一张不论何时从何种角度看起来都足以供人观赏的俊秀脸蛋的话,或许就会感觉到自由安心了吧。然而,那些在旁人眼中被认为是长相标致的人,说不定从本人的角度看来仍然坐立难安呢。

迄今为止我所接触过的日本人中,就脸蛋来说最令人感慨的当属已故的岸田刘生了。然而他神经质的言行举止让他的容颜逊色不少,令人遗憾。虽然最近西风东渐,美学上也偏好双眼皮,但过于分明的双眼皮让人感受不到精神上的阴翳层次,虽讨人喜欢却实在枯燥无味。东洋式的深度和韵味存在于单眼皮和不那么明显的双眼皮中,所谓耐看就是指这样的脸蛋了。

最近有傻瓜去动手术，将自己的单眼皮割成了双眼皮，听到这事真令人感到惋惜啊！如果说真的变美了也还说得过去，手术后的双眼大多肿得像哭了一整晚，即使这样，其本人还扬扬得意真是令人费解。

这让人不禁想问，医生这一行究竟是靠什么维生的呢？

如果医生们能弄清楚自己工作的本质的话，就不应误人子弟才是。

人生所有与美相关的问题都属艺术的范畴，就算是艺术家也不容染指神所赋予的肉体。

医生的工作性质和美是八竿子打不着的关系，但不知美为何物的医生们不但为思虑不周的年轻人安上一张丑脸，而且还收取费用。

我们与生俱来的这张脸，哪怕丑也是丑得具有协调性的。

动过刀的面容除了凄惨之外，已不属于这个世上之物。如果说这个世上有什么称得上美容术的话，那么除了精神、教养之外就别无他物了吧。

没有比人们脸上所洋溢出的教养之美更不可思议的东西了。

精神上的教养无以名状，且本来就不存在肉眼可见之真理，然而当教养附着于人脸上，那瞬间成型的美足以触动我们的心灵,引人赞叹。

精神上的教养甚至可以改变人的声音。

我们只需听听隔壁陌生人的谈话声,大概就能察知其人的教养程度。

当然也不无例外。我认识的某甲就是一例。

虽然他有一张有岛武郎①式知识分子的脸庞,但声音并非如此。当我听到从那张脸所发出的声音时不由得汗毛直立。

我想此人过往应该遭受过许多难以想象的波折吧?

其实也不是说非得让自己变得好看些不可,只是这张扁平有如乌贼的脸实在令人望之生厌。

我虽然祈祷儿子长得比我帅一些,但他将我的缺点模仿得惟妙惟肖,因此我对儿子一直抱着些许愧疚之情。

但我想这是错不了的,自己这张脸到了临终前,相较于今,应该也会多少变得安详且有安定感吧!

每当我照镜子看到自己的脸庞时,因为知道它还是个未完成品,一想到自己应该还要很久才会蒙主恩召,

---

① 有岛武郎,日本小说家。自学习院中等科毕业后,进入札幌农学校学习。1903年渡美,进入哈佛大学研究生院学习。回国后,与志贺直哉、武者小路实笃等参与同人杂志《白桦》的创作。1923年在轻井泽的别墅与波多野秋子自杀。

顿觉安心不少。

摘自《伊丹万作全集 第二卷》
筑摩书房
1973 年 5 月

译者 林巍翰

难以伺候的餐厅

宫泽贤治

宫泽贤治（1896—1933），日本昭和时代的诗人、童话作家、农业指导家、教育家、作词家，也是一名虔诚的佛教徒与社会活动家。他生于日本岩手县，毕业于盛冈高等农林学校。

宫泽贤治的作品是以自己的故乡岩手县为基础创作的。他热爱阅读哲学书籍以及佛经，它们是促使宫泽贤治此生不断与生命奋斗、努力追求美好事物的意义以及不断向前的动力。

由于在生前出版的作品仅有诗集《春天与阿修罗》以及童话集《难以伺候的餐厅》，宫泽贤治几乎一直处于毫无名气的状态。死后，友人草野心平尽心尽力推广宫泽贤治的作品，终于获得极大的反响，评价快速攀升。现在被日本人尊称为"国民作家"。

两位年轻的绅士，从头到脚俨然一副英国士兵的打扮，背着闪闪发光的长枪，牵着两条如北极熊大小的猎狗，从树叶飒飒作响的大山深处边说边走了过来。

"说起来，这是什么山啊，居然连一只鸟兽的影子都没有。哎，什么都行，就盼着早点'砰砰'干上一把。"

"想象着能瞄准鹿那泛黄的侧腹部开上两三枪，心里就痒痒得慌。我们再转转看看，然后就可以'砰砰'地撂倒几只吧。"

这里是大山深处，就连做导游的老猎人，一不留神也会走散的大山深处。

还有，那山也实在太恐怖了，连那两只像北极熊一样雄壮的猎犬，也突然眼冒金星，挣扎着叫了几声之后，口吐白沫，归西去了。

其中一位绅士轻轻地扒开死去的猎犬的眼睑说道："这下我要损失两千四百块啦！"

另一个人也带着懊悔的表情，低头说道："我也损失了两千八百块！"

先前的那位绅士沉着脸，凝视着另一位绅士，说："我想回去了。"

"我正觉得又冷又饿，也想回去了。"

"那么，今天就到这里吧！回去时，干脆就在昨天下榻的旅店，花十块钱买只猎鸟①回家算了！"

"对了，还有卖兔子的！这样的话也达到目的了。那，干脆回去吧！"

问题却是怎么才能回去，完全找不到路了。

风呼呼地刮着，只听到草沙沙、树叶哗啦啦、树枝咯吱咯吱的响声。

"饿死啦！从刚才开始肚子这边就疼得要命！"

"我也是，真的走不动了！"

"我也是！怎么办？有什么吃的就好了！"

"肚子已经饿得咕咕叫！"

两位绅士在发着沙沙声的狗尾巴草中，就这样你一言我一语地说着。

就在此时，他们不经意回头一望，一栋气派十足的西式建筑映入眼帘。

大门旁边的牌上写着"RESTAURANT（西洋料理店）WILDCAT HOUSE（山猫轩）"。

"你看，正好。居然还有人在这里开餐厅。进去吧！"

"唉，这种地方开餐厅有点奇怪啊！管他呢！只要能填饱肚子就好。"

"当然可以，广告牌上不是有写吗？"

"那就进去吧！我已经饿得快要晕倒了。"

---

① 日本特产，分布于本州、四国和九州。——译者注

两人站在门前。餐厅的门面是用濑户产的白色陶瓷砖垒砌成的,非常气派。

玻璃大门上面有镀金的文字:

"欢迎光临,请勿顾虑!"

两人欣喜若狂地说道:

"怎么样?人说祸兮福所倚,今天一天虽然倒霉,但现在遇上这等好事,终于可以在这里美美地吃上一顿免费餐了。"

"似乎如此,请勿顾虑似乎说的就是这个意思。"

两人推开门进去,有一条长廊。玻璃门背后的镀金文字写着:

"特别欢迎丰满而又年轻的顾客。"

两人更是雀跃不已。

"你看,我们属于热烈欢迎之列呢!"

"我们年轻丰满,两者皆备呢!"

"好奇怪啊!怎么会有这么多门呢?"

"这是俄罗斯风格,在寒冷的地方或者山里很常见的。"

然后,两人打开门,看到门上面有黄色的字:

"本店对顾客要求很多,敬请谅解。"

"真不容易啊!在这样的大山深处。"

"那是啊!你看,就算在东京,大路边上也很少有大型的料理店。"

两人边说边打开了那扇门,见门背后有:

"会有很多要求,敬请忍耐!"

"唉,这到底是什么意思?"其中的一位绅士皱着眉头不解地问道。

"嗯,一定是点的菜太多,因为备菜太花时间,让客人等待太久十分抱歉的意思吧!"

"也是。那我们赶紧随便找个房间进去坐下吧!"

"嗯,要是有座位就好了!"

不过,麻烦的是又出现一扇门。门旁边挂着一面镜子,镜子下面放着一把长把儿的刷子。门上用红色的字写着:

"请客人在这里整理好您的头发,掸掉身上的泥土。"

"这么讲究,刚才在大门前,还想在这荒山野岭里——看来是小看它了!"

"真是不同寻常。一定有很多有品位的人经常光顾这里吧!"

于是,两人将头发梳理干净,擦掉鞋上的泥土。

这时候,唉!刚把刷子放到台子上,一瞬间,一阵风吹过,恍惚之间,刷子不知去向。

两人吓了一跳,互相靠着,哐当一声门打开,他们走进了下一个房间。两人不约而同地想,再不吃点儿什么热乎的东西，补充点体能，就要撑不住了。

门背面又写着这样不可思议的字：

"请把枪和子弹放在这里。"

定睛一看，旁边有一个黑色的台子。

"原来如此，确实没有带着枪吃饭的章法。"

"不一定，可能来的客人都是有头有脸的大人物吧！"

两人解开枪带，卸下枪，放到台子上。

接着又是一扇黑色的门。

"请摘下帽子，脱掉外套和鞋。"

"怎么办，脱吗？"

"没办法，脱吧！说不定真有大人物在里面。"

两人将帽子和外套挂在钉子上，脱掉鞋吧嗒吧嗒地走进去了。

门背面又有："请将领带夹、袖口装饰扣、眼镜、钱包以及其他的金属制品，尤其是锋利物品放在这里。"

门附近有一个黑色油漆的高级保险箱，保险箱大开着，还附有钥匙。

"啊啊，似乎有什么料理需要用电。是说金属会比较危险，尤其是锋利物品比较危险吧？"

"是吧。这么说来，走的时候应该是在这里结账吧？"

"好像是的。"

"对啊,一定是这样。"

两人摘下眼镜,拆掉袖口装饰扣,放入保险箱里,啪的一声挂上了锁。

再往前走又出现一扇门,门前有个玻璃坛子。门上写道:

"请将坛子里的奶油均匀地涂到脸及手脚上。"

仔细一看,坛子里真的是牛奶做的奶油。

"涂奶油,这是怎么回事?"

"可能是外面太冷,室内温度又太高,预防皮肤皲裂吧。似乎里面真是来了大人物。说不定我们有机会和这里的达官显贵搭上关系。"

两人将奶油涂到脸和手上之后,将鞋子脱掉又涂了脚。眼见还有些剩余,两人假装往脸上涂时偷偷地抹进了嘴里。

然后两人赶紧打开门,只见门背后写道:"您涂奶油了吗?耳朵也涂了吗?"

旁边还放着一小坛子的奶油。

"对对,我还没涂耳朵呢。差点让耳朵干裂。这里的店主想得真是周到。"

"真是细致入微。不过,我真的想赶紧吃点东西,这条长廊也真是的,怎么没有尽头!"

紧接着,两人来到了下一扇门前。

"料理马上就好。不过十五分钟您即可享用。请尽快将瓶子里的香水喷洒到您的头上。"

只见门前放着一个金光闪闪的香水瓶。

两人扑哧扑哧地往各自的头上喷洒了香水。

不过,那香水似乎散发着醋一样的气味。

"这香水怎么回事儿,怎么有醋的气味?"

"弄错了吧?女服务员感冒装错了吧?"

两人打开门走了进去。

门背面醒目地写着这样的大字:"各种要求让您劳神费力,实在抱歉!"

"这是最后一步。请将坛子里的盐搓满全身。"

旁边果然放着一个濑户出产的华丽的青色的盐坛子,这次两人心里不由得一缩,直勾勾地盯着对方涂满了奶油的脸。

"好奇怪啊!"

"我也觉得奇怪!"

"很多要求的意思,不是说他们向我们要求吧?"

"所以所谓的西洋料理,在我看来并不是让光临的顾客享用料理,而是将顾客做成西洋料理享用。这——那——换——换——换句话说,我——我——我——我们——"说话人已经因为恐惧颤抖起来,语不成声了。

"那——我——我们——啊——"另一个人也吓得上牙直打下牙,几乎不能说话。

"跑!"惊慌失措之中,其中一人打算去推开后面的门,却发现,门已经被紧紧地锁住,纹丝不动。

走廊深处还有一扇门,门上有两个被雕刻成叉子和勺子的银色钥匙孔,上面写着:"啊,感谢你们特意光临。真是难为你们啦。快进肚子里来吧!"

而且,钥匙孔里有两只眼睛滴溜儿滴溜儿朝这边窥探着。

"啊!"哆哆嗦嗦。

"哇!"哆哆嗦嗦。

两人被吓破了胆,哭了出来。

这时候隐约听到门里面有人说:

"不行。他们已经发现了。他们好像不搓盐呢!"

"当然了。老大的写法不好。写这么多要求,很不耐烦吧。什么真是不好意思,不该写那么多混账话的。"

"管他呢!反正我们连骨头也分不到。"

"倒也是。不过话说回来,如果他们不进来的话,就是我们的责任了。"

"喊吧,快喊吧!喂,客人啊,快来吧!快来吧!快来吧!这里有洗好的盘子、蘸好盐的菜叶。然后将您与菜叶完美结合,盛于雪白的盘子之上。快来吧!"

"哎，快来吧！快来吧！你不喜欢生菜吗？如果这样可以生火为您烹饪，总之，快来吧！"

两人的心脏已经痛得厉害，脸皱得像揉皱了的纸团，相互对视着，瑟瑟发抖，泣不成声。

里面传来了哈哈的笑声，还有呼喊声。

"欢迎，欢迎光临！好不容易涂好的奶油，不全都哭花了吗？哎，我马上给你们送来。欢迎光临，里边儿请。"

"里边儿请。老板已经围好围裙，拿好刀叉，舔着嘴唇，等待您的光临。"

两个人一直哭啊哭啊哭。

突然，从后面传来"汪""汪""嗷嗷嗷"的叫声，原来是那两条北极熊似的猎犬撞开门闯了进来。钥匙孔里的两只眼睛瞬间不知去向，两条猎犬一边呜呜地低声吠着一边在屋里转着圈。

突然，它们"汪"地大嚎一声就扑向下一扇门。门咯吱一声大开。两条猎狗似乎被某种力量吸引过去了一样，飞奔而去。

在伸手不见五指的门后，只听到"喵""汪""咕噜咕噜"的声响，接着吵吵嚷嚷地叫着，乱作一团。

房间像烟雾般消失得无影无踪，只见两人站在草丛之中，冻得瑟瑟发抖。

回过神来，才发现上衣、鞋子、钱包、领带夹垂挂在不远处的树枝上，有的散落在树下。风呼呼地刮着，只听见草沙沙、树叶哗啦啦、树枝咯吱咯吱的响声。

狗耷拉着舌头跑回来了。

这时候后面传来"主人""主人"的喊叫声。

两人稍微恢复了一点精神。

只听见"喂，喂，在这里，快来"的叫声。

头戴蓑帽的老猎人拨开沙沙作响的杂草，走了过来。

两人这下才终于松了口气。

两人吃了老猎人带来的丸子，途中用十块钱买了猎鸟就回东京去了。

可是，即使回到东京沐浴之后，两人之前皱成纸团一样的脸却再也没能恢复从前的样子。

摘自《难以伺候的餐厅》
新潮社
1990年5月

译者　张辉

气候与乡愁

坂口安吾

坂口安吾(1906—1955),日本小说家、评论家、随笔家。本名坂口炳五,新潟县出身,东洋大学文学部印度哲学科毕业。早年性格叛逆浪漫,嗜读讽刺喜剧及巴尔扎克、谷崎润一郎、爱伦·坡、波特莱尔等名家作品。1931年以《风博士》一文跃上文坛,作品多呈戏谑及反叛色彩。"二战"后发表的《堕落论》和《白痴》使他成为时代的宠儿,与太宰治、织田作之助、石川淳等被称为无赖派、新剧作派的代表。

我出生在越后的新潟市,新潟雪国的城市都非常阴暗,从秋天的时雨轻敲落叶开始,直到漫长的冬日过后迎来春天,能看到太阳的日子不多。我很受不了那种因冬日暗淡的气候而感受到的发狂似的焦躁,但是更让人受不了的是人类情绪很容易受气候左右。我为自己的性格和在看待事物时不自觉地透露出气候的征兆感到难为情。与晴雨相伴、脸部表情木讷的东京人和大阪人相比,雪国暗淡的气候给人们带来的影响深刻且长久。

当然,每个人的个性中都带有些故里的乡土味。不仅个性,连外貌也能反映出来。我过去造访小田原时,对于随处都可以遇到风貌近似于牧野信一(他出生于小田原)的人感到非常有趣。大阪人总的来说肢体动作较多,而我去看人偶剧时,发现当地人的举手投足看起来虽然有点夸张,但完全就是现代大阪人的翻版。小田原的山上有蜜柑园,园中有一片与人同高的灌木,并无大树般的阴和影。那里空气清新,光线明亮。牧野信一的文章虽然冗长,但明朗而澄澈,或许是因为他的故乡没有雾霭吧。我的文章里则带着厚重的雾霭,将我的文章拿来和雪国暗淡的气候一对照就可以发现,气候的影响真是无孔不入。

我读过一本叫《南纪风物志》[①]的书,书中描绘了南纪州,也就是从熊野到串本、新宫一带本州最南端的风土民情。在那儿有一则权兵卫播种鸟儿却跑来吃掉种子的民间故事。故事中的权兵卫确有其人,应该是在新宫那一带吧,有一块碑记载着权兵卫的事迹,令人莞尔。

---

① 西濑英一著,竹村书房刊。——译者注

这本书里还写着在南国的黄昏里，小孩子们撑着竿子在路上招摇过市的景象，他们在落日余晖之中边飞奔边喊着"打蝙蝠哟"，并用竿子敲打正在飞行的蝙蝠。这是在南国长大的人难以忘怀的童年，余音袅袅的乡愁无不跃然纸上。该作者也到越后的新发田旅行过，谈起在雪国看见的那阴郁蝙蝠的回忆。在雪国住的那天晚上围炉夜话时，从满布煤灰黑压压的天井里窜出一只蝙蝠，啪嗒啪嗒地拍着翅膀从人们头上飞过，然后消失在漆黑的一隅。与南国飒爽的黄昏时分里腾空飞行的蝙蝠相比，这阴郁的振翅声让人心头又染上一层阴郁。

我对佐藤春夫和井伏鳟二小说里的乡愁色彩抱有同感，实际上他们文章里流露出的乡愁和我感受到的大相径庭，是明亮爽朗的南国风物。此外，我在少年时期，深受北原白秋回忆中的那种不寻常的异国怀乡情结的刺激，毋须多言，书里的景色满溢着九州温暖的色调。然而也有与我的经验完全相反的事例。那些对我的作品能有切身之感的人们，以及喜爱我笔下雪国暗淡的气候中所酝酿出来的乡愁的读者其实大多出生在南国。

塔玛拉·卡莎维娜（Tamara Karsavina）是出生于俄国的芭蕾舞舞蹈家，她和尼金斯基合演的《彼德鲁什卡》已是名留史册的剧目。前几年她在杂志上连载了回忆录。其中写道，在和出生于西班牙的画家毕加索的交往中，她对在其充满激情的南方血液里感受到了许多俄罗斯人的性情，这让她非常吃惊。当卡莎维娜和毕加索在迪尔吉列夫的俄罗斯舞团一起共事时，毕加索为他们提供了背景画。俄罗斯芭蕾舞团不仅将吕西安芭蕾与高沙可夫、斯特拉文斯基的音乐介绍到欧洲，也为毕加索与尚·考克多和六人小组活动提供了便利。虽然毕加索出生在南方，但南国和北国同受极端气候的影响，其激烈程度之深并无二致。因此，卡莎维娜得出了两地人在性情上有一脉相通之处的结论。

挥别德国暗淡的飘雪天空，歌德为了寻求阳光驱车赶往意大利，然而即使在异国天空，阳光也不可求。雪国阴郁乡愁的另一面一直是阳光普照。然而，在雪国被遗忘的太阳，正因被遗忘的缘故才更属于雪国。雪国土生土长的憨直农民最引颈期待的就是春天的到来，难以忘怀在寒冬过后，天空渐渐泛出光辉的那种爽快的喜悦。奔向冰天雪地覆盖着皑皑白雪的雪原，被那种望着晴空大声呼喊的激情所驱动，几乎无法抑止。真正懂得太阳所带来的喜悦的或许正是这群雪国子民吧！南国其实一直居于雪国的乡愁之中。

人类受气候的影响甚大。气候的语言与理性的语言以相同的程度深深地印刻在我体内，只要气候的语言还停留在我们体内，我们就无法以理性来否定乡愁。哎，人类在气候面前是何等渺小!

摘自《坂口安吾全集 第二卷》
筑摩书房
1999年4月

                                译者 林巍翰

正月拜祭

柳田国男

柳田国男（1875—1962），日本民俗学创立者。原姓松冈。东京大学政治专业毕业。早年曾投身于文学事业。30岁时离开文坛，开始研究民俗学。曾任《朝日新闻》评论员，1932年辞职后专攻民俗学，创立了民间传说会、民俗学研究所。著有《后狩词记》《远野物语》《海南小记》《蜗牛考》《桃太郎的诞生》等许多民俗学著作。1951年荣获日本文化勋章。

正月拜祭

所谓年初三天即真正的正月，也有地方将年初的十五天称为小正月。另外，把过年称作大年，小正月称作若年的地方也很多，因此有很多习俗都会用上"若"字，如若木、若饼，亦有将小正月算作年初三天、年初五天的方式，也有些日子有不同的风俗，如将年十四到二十日的骨正月用注连绳①装饰。像年十六等就属于特别的日子，想必现在用门松②来装饰（元旦至初七）的风俗也是后来才有的规矩。

盂兰盆节和正月把一年分成两半，一半六个半月，另一半五个半月，照这样节气不也有点奇怪吗？即便如此，盂兰盆节和正月到现在还是保留下来很多相对应的仪式。被称为盆礼的是人们穿起和服探访亲戚，并不一定只限于拜祭祖先。现在虽演变为跳舞、拉大绳等游戏，但其方式仍被保留下来。这是因为有的地区的盆礼是在盂兰盆节，而有的地方是在正月十五和春秋两季首个满月夜，大约这就是两者被视为共通的理由吧。其中相同的是盂兰盆节的精灵棚和正月年神棚的装饰方法，同时规定侍奉必须由家里人担任，而且采用特定的植物打结装饰的方法也是一致的。当然，现在将其理解为一个是福神来临，另一个是迎接先祖之灵。其实这些不过是秋季祭典让僧侣指导的结果而已，是从使用"盂兰盆"之词后才发生的变化。因为根据佛教的说法，盂兰盆节时要向寺院奉上供品。由此看来，如果盂兰盆节的仪式是跟它的名字一起出现的话，虽有模仿的样板但实属日本独创。

---

① 新年装饰的一种。挂在神殿前表示禁止入内，或新年挂在门前取吉利之意。——译者注
② 一种用松枝、竹子做的装饰品，放在大门两侧，象征长寿。——译者注

不论盂兰盆节还是正月都会在那个临时摆设的角落摆放上供奉给祖先灵魂的拜祭品，另外摆放十二个系成三角形的饭团。

因为盂兰盆节时已经将亡灵作为主宾设在家中，这样便有很多地方将不招自来的相伴食客称为"饿鬼"或"三界万灵"，如此一来，年神棚上的御灵就更令人费解，因此，自古以来一年两次到家来访的神明究竟是何方神仙就成为一个问题。将其视为福神的话那么夷神、大黑神之祭就必须另立其名。也有人把它命名为岁德神，想象为有如弁天神般的美丽女神。然而在比较传统的东北乡下，亦有"正月之神"，拜祭的是像高砂能剧中出场的老伯老妇那样的神明，据说还可以看到乘着左义长①的烟雾回归的姿态等。在岁末寒风呼啸声中，小孩子们唱道：

"正月之神哪里去，
只求一到山下处。"

先祖神灵带领着无数亡魂，在明显的季节交替之际为家庭带来新的活力，古人似乎是如此思量的。

---

① 左义长指的是在用稻草编成的约2米宽的火把上立3米长的竹竿，再用数千张红纸装饰成花车，3月中旬的周末，人们围在熊熊燃烧的"左义长"四周，伴着火星跳舞。——译者注

年男

正因如此，每家每户迎春的准备不容有任何闪失。衣食都用上好的东西，亦注意言行举止，这绝不能单纯说成是什么好兆头。主持拜祭的当然是一家之主，因一家也如一国一样有必要政教分开，于是演变为现在的从优秀年轻人中选出年男①。年男的权限根据地区的不同有广有狭，比较之下便能了解新年有什么工作。在东京等地年男在立春时要负责撒豆，即使家规较严的家庭，也会让年男负责用新水桶去汲新年的第一桶水。但是在信州越后和其他村庄，这些程序就变得极其烦琐，没有这么简单就可以了事。新年期间，不光注连绳，就连正式的会餐场面也都不让女人去打理。有的家庭则规定七草粥②或年十五的小豆粥必须由男人制作。自然拜神仪式和供奉松枝等程序都是年男的工作，为此年男必须在严寒中用水洁身。接着是年十五举行的各式各样的仪式，例如用胡桃烧占卜、烧水蛭仪式、烧蚊子仪式、驱鼹鼠仪式等都不能敷衍了事，由谁来负责也不是随意决定的。可是，由于过于严肃拘谨，新一代的年轻人渐渐

---

① 即负责新年装饰的男子。——译者注
② 日本民间在新年的最后一天有吃七草粥的习俗。"七草"被称为"春天的七草"，有芹菜、荠菜、鼠曲草、繁缕、宝盖草、芜菁、萝卜。据说此风俗源于中国唐朝，指在这天吃七种蔬菜的汤，以祛病消灾，于平安时代传到日本。——译者注

不愿充当年男而让给年少者去干，这样一来，大家更多地开始抱着消遣的心态做这些事，最初的宗旨亦被遗忘了。其他像撒豆等习俗亦逐渐发生变化，但很多地方仍保留着两人一起进行的形式，其中一人必定是女性，拿着勺子边喊"对啊""对啊"边跟在后边走。有的地方吃年十五的小豆粥时，会让一个人站在果树后祈祷："祈求愿望成真！"然后还有人代替果树回答："会成真！会成真！"这些过去都曾是年男助手的职责，呼万岁的时候就应呼万岁。其实我们也可以安设一个"年女"的称呼，各位不认为这种时代已经来临了吗？

迎接御松

年男工作中最重要的一个任务是上山伐松木。那松木就是我们现在放在玄关的门松摆设。选松木需要考虑方向，一般大家都称之为松木神，在摆设前要安放在洁净的地方用神酒供奉一昼夜。演变至今，门松被视为一种门前的装饰，很多地方的家庭将其摆设在玄关门前、仓库、马房门口和厨房，特别是因为与年神棚相呼应，有的地方干脆不摆放年神棚而直接用木枝做祭坛。如果不省略的话应该是轴心为三段的松木，定要供奉正月食品，才有迎接松木神到来之意，即松木代表肉眼无法看见的神灵宿身之所。相应地，盂兰盆节的魂棚一定要插上桔梗、女郎花等，用来在同一天迎接神明，这便成为在规定的日子去采花制作盆花的习俗。

有的地方将门松称为门神柱，也有的地方虽称其为门松，却使用其他树木做摆设。此外数量也不一定为偶数，故有兄妹门松的说法。也说门松寓意万古长青，等等说法都源自京城附近的诗词。余下的就是欢迎春天之神的仪式，一定要恭恭敬敬地从山上采伐树木制作。在小正月前三天左右，有的地方会举行一种称为迎若木的仪式，特地从山上伐木制作。这种情况下通常不使用松木。不知为何，必须将年糕装饰在木材上。因此，这种时候多采用柳木、朴木等宽叶树。其样式也是形形色色，仔细比较下会发现更多新的趣事，可惜手上资料尚不充足。简而言之，以招财树的空想为本，大米杂谷自不待言，祈求蚕茧、棉花等收获多少，在春季来临之前就与神商量好，一切都照计划按部就班地进行。可想而知，即使树木也非寻常之木，不能马虎了事也纯属理所当然。

摘自《定本柳田国男全集 第十三卷》
筑摩书房
1969年6月

译者　谢咏臻

等待

太宰治

> 太宰治(1909—1948),本名津岛修治,小说家,战后无赖派文学代表作家。他出生于津轻的大地主家庭。《晚年》是太宰治的第一本小说集,他在附录中写道:"我以为这也许是我唯一的遗著"。太宰治的主要作品有小说《逆行》《斜阳》和《人间失格》。1948年6月13日深夜他与山崎富荣在玉川上水投水自尽,时年39岁。

我每天都去国电的那个小车站接人,去接一个谁也不认识的人。

去市场买东西的归途,我一定会顺道去车站,在那个冷冰冰的长椅上坐一会儿,把菜篮子放在膝上,呆呆地望着检票口。每当上下行的电车到达站台,熙熙攘攘的人群就从电车门拥出,蜂拥挤向检票口,谁都是一副怒气冲冲的样子，有的拿出月票，有的交出车票，然后毫无顾忌地匆匆走过我的长椅，到车站前的广场上，然后各奔东西。我一直恍惚地坐在那里。谁，某个人，微笑着跟我打招呼。哦，好恐怖！哎呀，真苦恼！心口扑通扑通跳个不停。光想象一下就觉得被泼了冷水般后背发凉、喘不过气来。然而，我仍然如故地等待着。我每天端坐在这里到底是等谁呢？他是怎样的一个人？不，或许我等待的不是人。我厌倦了人类。不，应该说是畏惧。每日与人相见，重复着"你好吗？""开始冷起来了！"这些根本就不想说的无聊寒暄，口是心非，仿佛这个世界没有比自己更大的骗子，苦闷得想从这个世界消失。

而且，对方也同样对我产生了怀疑，说些不痛不痒的恭维话、装模作样的鬼话，听着这些，让人为他们的谨慎感到可悲，愈发痛苦不堪，厌憎世上的一切。世上的人就这样互相生硬地寒暄着，在防范中疲惫不堪地虚度一生吗？我厌倦了见人。如没有什么特别的事情我不会主动到朋友家去打搅。待在家中，和老母亲静静地做着针线活儿是我最悠然自得的时光。可是，大战终于爆发了，周围的人都紧张骚动起来，让我觉得老这样一个人每天无所事事地闲待在家中似乎有些过意不去，无形中也开始心神不宁、忐忑不安起来。哪怕粉身碎骨也想拼命工作发挥一点作用。我开始对自己的生活丧失信心了。

在家里闲坐着不行,可一到外面才发现根本没有地方可去,只能在每日购物归途的那个冰凉长椅上郁闷地坐着。或许谁会突然出现!带着这种期待。唉,其实出现了也是麻烦,我不知该如何是好。万一出现了只好义无反顾地奉献自己的生命,我的命运似乎已经决定了,在一种近乎绝望的觉悟中掺杂着无奈的空想,各种思绪参差交错,让我窒息般喘不过气来。

在这样不知生死、如白日梦一般浑浑噩噩的感觉中,车站前熙熙攘攘来往的人就像从望远镜的反方向看到的那样渺小、遥远,世界也陷入一片寂静。哎!我到底在等什么呢?或许,我是一个极其淫荡的女人。大战开始了,因为不安所以想粉身碎骨地工作发挥作用,可能这些都是无用的假话。其实,这些堂皇的理由,只是为了实现自身轻浮的幻想而已。或许只是为了等待某个好机会。在这里,带着一副痴痴的表情坐着,心里却燃烧着荒唐的欲火。

到底我在盼着谁呢?没有具象,只是一团朦胧。但是我一直等待着。从大战开始的那一天,日复一日,我都在购物的归途,端坐在这冰凉的长椅上等待着。谁,某个人,微笑着跟我打招呼。哦,好恐怖!哎呀,真苦恼!我等待的人不是你!那么我到底在等谁呢?丈夫?

不。恋人？不。朋友？才不是呢。那么金钱？该不会吧！亡灵？噢，还是免了吧。

  一种更和谐让人豁然开朗的美妙事物。不过，并不明了。如春天般温柔，不，不对。如五月青叶，麦地流淌的清流，也不对。可我依然翘首等待着，带着一颗怦怦直跳的心。眼前，络绎不绝的行人如流水逝去。不是这个人，也不是那个人。我抱着菜篮子，在微微的颤动中一心一意地翘首等待着。请勿忘记我。不要嘲笑这个20岁的小姑娘每日都去车站迎接，然后在徒然中沮丧归家。日复一日，请勿忘记。那个小站的名字？我不会告诉你的。或许哪一天你就会遇上我。

摘自《女学生》
角川文库、角川书店
1954年10月

译者　吉田庆子

料理与餐具

北大路鲁山人

> 北大路鲁山人（1883—1959），本名房次郎。日本艺术家，拥有篆刻家、画家、陶匠、书法家、漆艺家、烹调师、美食家等多种身份。

如今大家开始从各种领域关注食物，有关食物的话题也逐渐增多。其中从营养学的角度来考虑食物的搭配和分量特别流行。姑且不论小孩和病人，就算对按照自身意志选择喜好食物的普通人来讲，这样的讨论其实也毫无意义。

正因如此，"营养料理"演变为"难吃料理"的代名词也是理所当然的。从我们的角度来看，营养料理这样的东西实际上不伦不类，根本就不是料理。

人类的食物与马食牛饲的不同之处在于前者是经过

烹调的。毋庸置疑,料理本身是为了让素材变得美味可口的一种工序。我并非想在此高谈阔论并诠释料理一词,只是想忠告那些医生或料理专家之类的知识渊博之人,他们虽然常常针对料理高谈阔论,却没有一个人对料理和餐具阐述过明确的见解。

  自不用说,无餐具不成料理。据说太古时代是将食物放在柏叶上进食的,这已能证明餐具的必要性。简言之,如果将类似咖喱饭的照片登载在报纸上,或许谁都不会有胃口。探究其理,因为报纸上所登载的咖喱饭会让人感觉丑陋不堪,让人联想起肮脏的东西。实际上,咖喱饭本身不论是盛在漂亮的盘里还是登载在报纸上应该是毫无差别的,但是被盛在漂亮盘子里的咖喱饭可以激发人的食欲,而报纸上的咖喱饭却会让人蹙眉感觉恶心。由此可见,餐具对料理发挥着极其重要的作用。

  虽然这种感觉人人皆备,但如果是美食家就会愈加敏锐。越是懂得食物味道的人对料理便会愈加挑剔,自然越是挑剔的人对料理的餐具愈加讲究,想来这也是理所当然的事情。

  然而,现今很多专家虽然常对料理品头论足,却不那么重视餐具,这些人要么是对料理缺少见识,要么就是根本不懂得料理,二者必居其一吧。

  理解这一点,很多问题就自然而然迎刃而解了。从制作的角度来讲，料理应该盛放在怎样的盘子，或如果使用这样的餐具就应该如此烹调等，实际上是将餐具纳入料理的整体考虑中，这样才能逐渐扩大见识。

此外，我们从另外一个角度来思考，便可知有上等餐具的时代也同样是制作上等料理的时代，即料理发展进化的时代。从这种意义来讲，当下并不是料理蓬勃发展的时代，因为并未诞生出高品位的餐具。

一些人说中餐是世界之首，有的人信以为真。根据我的考察，中餐真正可誉为世界之首应该是在明代，而非当下，考察一下中国的餐具即可一目了然。明代中国的餐具不论是青花瓷还是彩瓷，在艺术上都已达到登峰造极的地步，清朝以后质量已经下降。现代的东西就不值一提了。

其实，只要观察一下餐具就大致可以推测料理的内容。中国餐具色彩绚丽壮观，西洋餐具纯白一色的清净主义与日本餐具内容上的雅趣，不仅显示出各自的料理特征，而且可窥见不同国家的文化状况。

由此，不管从什么角度来考虑，料理与餐具是无法分割的，二者是一种近似于夫妻般的密切联系。仅通过舌尖感受其味还不能说已经真正感悟到了料理的真谛。欲觅美食，不仅需要探求料理的过程，而且需要思量如何搭配餐具。当然，还需要进一步考虑用餐的房间、壁龛装饰等整个空间的搭配摆设。但在这之前，料理家们应该首先关注一下与料理关系最密切的餐具吧！

美食究竟是什么？精美的餐具亦为何物？这是一个紧密相关的系统性问题。遗憾的是至今仍然没有引起大家的重视。

摘自《北大路鲁山人的美食手帖》
美食文库 角川春树事务所
2008 年 4 月

译者　吉田庆子

三位访问者

岛崎藤村

岛崎藤村（1872—1943），日本诗人、小说家。原名岛崎春树，出生于信州木曾的中山道马笼，参加了北村透谷等创办的杂志《文学界》，以浪漫主义诗人的身份出版诗集《嫩菜集》等，开创了日本近代诗的新境界。之后他转向小说的创作，发表了《破戒》《春》等代表性作品。

"冬"来了。

我一直等待着。老实说，她是一位脸上暗淡无光、平庸且睡眼蒙眬、颤颤巍巍的贫寒老妇，丑陋的脸上布满了皱纹。我凝视着走近我身边的老妇，震惊地发现她与我既有概念中对事物的认识相反。我询问道：

"你就是'冬'吗？"

冬回答："你以为我是谁？你居然看走眼了吗？"

冬指着各种各样的树木说道："看看那满天星。"只见枯朽的霜叶已然落尽，眼见染着浅褐色的一支支细嫩的枝条上已经出现初生的新芽。泛着水灵灵光泽的嫩枝上，新芽争先恐后地冒出来，流淌着冬日的光芒。寒梅的嫩枝也已经长出了一尺长，蔓延着浓绿色。抱紧成小小一团的杜鹃花，一点也没露出哆哆嗦嗦的样子。

"看看那颗椿树。"冬对我说。冬季感受着太阳恩泽的绿叶闪闪发亮、光彩照人，美得无以言表。浓密的叶与叶之间，硕大的花蕾也探出了脑袋，仿佛带着深深的笑意，在风霜来临之前，有些椿树已经经历了花开花落。

冬指着八角金盘让我看，在那里，有一抹近于白色的淡绿色，满是新意，它的形状充满力量，打破了周围的枯沉单调。

这三年间，我在异乡的客栈度过了灰暗的冬季。冷冷的雨登门造访，门窗上糊了纸的灰暗日子总让我回忆起巴黎的冬天。一年间日照最短的日子，大约就是冬至前后，每天早上九点左右天才逐渐明亮，而下午三点半已经日落。波德莱尔曾在诗中描写将一切都焚烧的太阳，烈焰通红，却又冰封三尺，凄清冷冽。它并不至于让人联想到北极之巅，却是在巴黎的街道上行走时常遇见的风景。在街道两侧树叶凋零的七叶树间眺望冬天依旧青葱的草地，是一番特别的冬日美景。那片灰色而深沉静寂的夏凡纳冬色调更吻合那片土地的自然。

很久没有在东京的郊外蛰居了。像这样冬日暖阳在屋内熠熠生辉的日子，是这三年的旅途中从未有过的。在这样的季节里，也很少能够仰望澄澈湛蓝的天空。而来到我身边喃喃细语的却是武藏野的冬天。

之后，冬每年都如期到访。在麻生蛰居以后，我开始对这位访客又有了新的认识。我想起来，曾经在信浓邂逅的冬对于我来说情谊最深。每年有漫长的五个月我都与冬一起度过。那山上所有的一切都销声匿迹，到底我也未见冬的笑脸。到十一月上旬，群山就已经迎来了初雪。在灰暗而沉寂的空中，透过云的缝隙照射出来的阳光也属罕见，浅间的烟雾也仿佛隐藏了，模糊不见踪影。连千曲川流域也被厚厚的冰封闭起来。周围全是积攒得厚厚的无法融化的雪。雪掩埋了我原来房屋的小院。比起北墙，庭院的雪堆得更高。房檐滴落下来的水滴结成冰柱，长达二三尺。漫长的寒夜里，我倾听着房屋大柱冻裂的窸窸窣窣之声，只能像虫子一样蜷缩一团躲藏在"洞穴"里。

这样的冬成为我心中的固定形象。我在那座山上曾经迎接过七次冬天，映入眼帘的始终是灰暗。在巴黎邂近的冬,虽然雪并没有那么厚,但那灰暗的色调,完全不逊色于信浓山上的灰色。从遥远的旅途归来,与前来造访的冬久别重逢时,几乎无法相信这就是冬。

我从未尝试过像那次漫长旅途归来后迎来第三个冬时那样,静静地观察常青树的嫩叶。以前一直都被飘落的枯黄的霜叶吸引,基本上没有顾及常青树的嫩叶。那年初冬观察到的嫩叶是我在森林中观赏到的最美丽的风景之一。那年,冬指着罗汉松的绿叶和垂着红艳果实的朱砂根给我看。原来朱砂根的果实也有白色的。那么浓烈如朱玉的色泽,不是冬季恐怕难见。看看那棵黄杨,顺着冬指着的方向,我看到黑漆漆粗壮的树干上,生长着细长却不失强健的枝干,感觉如哥特式建筑一般。再加上受到冬日阳光的滋养,罗汉松的嫩叶散发着无可言喻的浓郁光辉。

冬告诉我:"原来你之前那么小瞧我?今年给你的小姑娘带去了一件礼物,那孩子红扑扑的脸颊也算是我的心意。"

"贫"也来访了。

孩童时期,它就像我的发小一样,嬉皮笑脸地来到我的身边。老实说,每次看到这个频繁来访的客人的脸庞,我都能感觉到它的嘴脸比冬的更丑陋。它欲言又止,似乎念叨着"我与你是旧相识了"。面对这个客人,我只好低头了，我无法长时间注视客人。这次，我仔细端详来到我身边的这个访客，居然发现了之前从未留意过的温和的微笑。我不禁用以前询问冬一样的语气问道：

"你就是'贫'吗？"

"那你认为我应该是谁呢？难道这么长时间你居然都不知道我是谁吗？"贫回答道。

"太稀奇了。我从未见过你的笑容，没想到你居然还有这样的笑容，完全没想到。我本来以为你是一个不苟言笑的人呢。见到你笑，我全身紧缩，感到有些厌恶。只是，习惯了你，你在我身边，我觉得最放心。"听我这样说，贫莞尔一笑。

"别习惯我。希望你更尊重我一些。你们经常在我的前面安上'清'字，虽然也有人叫我'清贫'，其实我并不是那么冷漠。我能让自己的足迹开出花朵来。我也能把自己居住的地方变成宫殿。我是一个幻术师，别看我这样，和世上那些所谓'富'的思维相比，我做着更遥远的梦。"

"老"来拜访了。

这是让我感觉比贫更丑陋的东西。不可思议的是，连老也对我展示了他的微笑。我禁不住用询问贫一样的语气问他：

"你就是老吗？"

我仔细端详我身边的来访者，才发现迄今我心里所描绘的老并非真实的老，而是"萎缩"。在我身边的是更加光彩照人、更有恩惠的东西。

但是，这位来访者接近身边的日子并不长。不好好地跟它交谈是无法真正了解这位来访者的。只是，我已经渐渐理解了老的微笑。我也想更多了解这位客人。我也真心期待老的来临。

接下来还会有一些访客。我感觉他们已经在我家门口徘徊。我感知到其中一个是"死"。或许他会让我领悟之前很多先入为主的观念都是谬误，正如刚才，死也许会告诉我一些自己从未思考过的事情。

摘自《开拓者》
1919 年 1 月

译者　张闻

杂器之美

柳宗悦

柳宗悦(1889—1861),日本著名民艺理论家、美学家、哲学家和思想家。1936年创办日本民艺馆并任首任馆长,1943年任日本民艺协会首任会长。1957年获日本政府授予的"文化功劳者"荣誉称号。"民艺"一词的创造者,被誉为"日本民艺之父"。

他只是一个虔诚的普通信徒,没有受过教育且一贫如洗。道不清为何信奉,信奉何物,然而从质朴的只言片语中,他的经历令人震撼。手中虽无物所持,却掌握着信仰的真髓,即便无意寻觅,神灵也会赐予他一切所需,这就是他淡定自若的力量源泉。

我们可以用同样的方式来描述眼前凝视的器皿,虽然它只是一件粗糙拙劣的器具,既无奢靡的风情又无华丽的装饰。作者究竟想创作何物,创作的缘由等详情皆已无从知晓。正如信徒反反复复叨念我佛,只是在同一个陶轮上以同样的模式反复旋转,反复描绘着同样的花纹,涂上相同的彩釉。

美为何物?陶艺为何物?他何以知晓这些智慧呢?即便全然不知,他那双手依然飞速转动。有人曾说念佛不是凡人之声而是佛祖之音,同样,陶工的双手也已经不属于他自身了,堪称大自然之手。即便他无心创造美,大自然也会协助他守护住这份美。他近乎忘我,从无邪的皈依中滋生出信仰,器皿自然而然就显现出一种美。我久久地凝视着眼前的器皿,沉浸其中。

一

颂扬杂器之美似乎有标新立异之嫌,抑或会被认为是因为某种逆反情绪才称赞这些东西。为了避免大家陷入误解,我必须事先阐述几个注意事项。本文所谓的"杂器"自然是指一般百姓日常使用的杂具,或指日常生活中被大家普遍使用的器皿,亦称"民具",是极其普通、触手可及的日常用品,价格也十分低廉。被称为"身边之物""常用物"或"便利道具"的东西,并非用来做和室的摆设以衬托、点缀房间,而是散落于厨房、起居室的各类道具,或是杯碟,或是托盘,或是橱柜,以家中使用物居多，俱为日常必需品，毫无稀奇之处，都是大家极其熟悉的东西。

二

然而，不可思议的是尽管杂器是我们一生接触最频繁的物品，我们却从未重视过它们。大家都只把其视为粗糙之物，甚至认为它们根本无法与美挂钩。就连史学家们也都不屑将它们纳入史书。今天就让我们从人们的脚下重新拾起他们自以为了解透彻的东西吧！我确信崭新的美的一页从现在开始将被增补到历史的长卷中。或许人们会感到诧异，但它们所散发的光辉将迅速驱散这些质疑的云雾。

为何它们的美会长期不受人重视？有人说长居花园不闻其香，正因为太习以为常反而熟视无睹，忽略了它的存在。正如人们陷入惯性往往容易丧失自省的能力，感恩之心也会因此消失！我们走过了一条漫长的道路才终于意识到这些器皿蕴含的美。然而，我们也不能因此而自责，毕竟我们从未丧失反省自身的能力，至今我们依然在不断创造并存活其中。认识事物总是需要时代的沉淀。历史是一种追忆，批判则是一种回顾。

现今时代也日新月异向这样的方向急速发展。一切事物都在经历史无前例的迅速变化。时间也好，心境也罢，抑或事物都在刹那间流逝而去。卸下传统习俗的包袱，眼前的一切都进入新的运转轨道。未来过去皆新。熟悉的世界而今演变为不可思议的世界。在我等看来，万物皆需要重新细细品味其深远意韵，好比一面擦亮的明镜，映射在镜中的一切皆崭新又鲜明。在镜前，善恶皆无以掩饰，暴露原形。究竟何为真美，甄别的时期终于来临。我们处于评判的时代，同样也是意识觉醒的时代。我们有幸被选拔为评判者，切切不可辜负时代对我们的恩惠。

从灰暗的地方铺开一个全新美丽的世界，它既是我们熟悉的环境，又是一个未知的全新世界。在此我必须阐述一下杂器之美，并与大家分享我们应该从它的美中领悟什么。

三

正因为是每日接触的器皿，所以它必须耐用。娇弱、浮华、繁复之物，在这里都无法得到认可。厚实、坚固、健全才贴近日常器皿的性格。它们都必须坦然面对粗暴的待遇、严寒酷暑之煎熬，接受任何人、任何方式的使用。它们既不可以装模作样，又不被允许弄虚作假，随时都必须做好准备接受考验。如若不具备正直的品格，便无法成为良好的器皿。在这里，工艺必须卸下所有伪装的面具。这是一个实用的世界,不脱离任何实际的状况。它们彻头彻尾是为了服务人类而制作的器皿。然而倘若仅仅因为是实用之物就轻视它们,那便大错特错了。谁能说因为它们是物品便没有心和灵魂呢?忍耐、健全、诚实,这些品德难道不是器皿所拥有的格调吗?这些器皿与我们实际生活中所有场景都紧密相连。上天对那些正直、脚踏实地生活的人,都会赐予祝福吧!好用与美丽并非对立的世界,这不正是心物一体的最好体现吗?

正因为它们勤劳实干,所以能简朴而审慎地生活。然而它们洋溢着心满意足的神采,你没见它们总是神采奕奕地迎接着晨日和晚霞吗?在不起眼的地方,毫不造作地任人使用,无欲无求地简朴度日,难道这不是一种怡然自得之美吗?轻触间便能察觉其令人战栗的纤细、诱人之美,而遭遇强烈冲击时岿然不动的身姿,更显露出令人震撼之美。这份美丽与日俱增,愈加纯粹!器皿不使用便无从显现它们的美丽。愈用愈美,因美而愈受人喜爱。人与器皿之间有一种完美的主从契约,器皿因奉献而积淀美丽,主人因使用而对其愈加厚爱。

我们寝馈其中,离开它们便无以度日。器皿可谓我们日常生活的伴侣,也是辅助我们生活的忠实友人。它们的身影不正彰显着一种诚实之美,向我们展示着一种谦虚的美德吗？在盛行娇弱的今日，它们身上所显现的健康之美，让人感恩不已，惬意快然。

四

它们既无额外的点缀，又无繁杂的装饰。至纯外形，二三模型，手法朴素。它们并不显摆卖弄，不附庸风雅，丝毫没有怪诞或威吓之意，亦毫无心机。既无挑衅之意又无露骨之态，总是从容而恬静，有时甚至可以察觉它们淳朴木讷、谨慎小心的性情。它们的美并无强求他人接受的逼人气势。在而今卖弄炫美的潮流中，这些端庄自重的作品就更让人倾慕。

它们大多生长在偏远不知名的乡下，或诞生于背街小巷盖满灰尘的昏暗作坊，同时也出自贫困人粗糙之手，源自拙劣的器具、粗糙的素材，在狭小的店面或是街边的草席上出售，在凌乱的房间使用。然而，自然法则的不可思议之处就是这一切都保障了器皿的美丽，如同信仰。宗教本身不就是教诲保持虚心之德，劝诫不要恃才傲物吗？正因为它们的朴素，器皿才能孕育出令人感叹的美。

作品是没有欲望的。它们无私奉献，不是为了名分。正如工人们从不会在他们铺筑的道路上留下姓名一样。制作者并没有打算在作品上留下他的名字。一切皆为无名工匠的作品。一颗无欲之心把器皿净化得如此之美！

几乎所有的工匠都没有受过教育。如何制作？美由何而生？他们都无从知晓。只是秉承先人的手法，一丝不苟地创造一件又一件的作品。何须理论？更无须感伤，杂器之美是一种无心之美。

正因为是无名氏的作品，我们无法拼凑制作者的生平。制作者并不是少数优秀的作家，而是被称为凡夫俗子的众生。那些诞生于民众的令人震撼的美在向我们倾诉着怎样的故事呢？美曾经是人类共同的财产，并非个人独占。我们必须以民族之名、时代之名来纪念这些辛劳之作。即便在知识领域处于劣势的民众，其工艺作品却堪称优秀。现今焦点都聚集于个人，而时代却趋于沉沦，过去曾经是个人仰仗时代前行。美不是少数人孕育出来的，而是存在于制作者的大量作品中。杂器是一种民间艺术。

五

材料是应该受到特别关注的。优秀的材料孕育优秀的工艺。大自然守护着优质的素材。与其说器皿在于素材，还不如说素材造就了器皿。民间工艺不就根植于乡土吗？一片土地上的原材料造就它的民间工艺。大自然赠予的丰富资源就是我们的创作之母。风土、材料、创作三者形影相随，不可分离。只有当它们融为一体时，作品才纯正地道。因为这是来自大自然的馈赠。

失去原材料之日,也是作坊闭门之时了。材料若不达要求,器皿便会受到大自然的惩罚。倘若无法从自己的土地获取原材料又怎能实现多产与廉销,创造出健康坚实的作品呢?器皿的背后隐藏着特殊的气温、地质以及物质。乡土的气息、地方的风采,正是它们向工艺注入了创意的种子,增添风趣。顺从自然的器皿即可享受天然之爱。当缺乏这种关联时,器皿将失去它的生命力,美也黯然失色。杂器所使用的丰富材质是大自然的赠礼。人们在欣赏杂器之美时,其实是在凝视大自然。

杂器之美并非仅仅如此,它还来自器皿形态和材质。正如美妆并非仅仅来自外部的装饰,而是顺应身体的特质一样。我们不能只将原料视为一种物资,其实它是大自然意志的体现。它的意志会引导我们去制作不同形状、不同模式的器皿。谁背叛大自然的意志谁就无法创造出好的器皿出来。优秀的工匠除了对大自然的欲望以外,不应该再有任何欲求。

这不是一个很好的教诲吗?当我们享受做上天的孩子时,信仰的火焰也会熊熊燃烧吧?同理,当我们回归大自然时,美就会降临到身上。归根结底,这是大自然保障的一种美。当我们回归母亲的怀抱,才能体味这种美丽,还能有比杂器更好的寻觅美的事物吗?

六

正因为是日常用具，非稀有之物，所以街头巷尾随处都能邂逅。一旦损坏，也能寻觅同样的东西来替代。因为量产故物美价廉。量产难免粗制滥造，但是，没有量产便无法孕育杂器之美。

反复是熟练之母。大量的需求带来大量的供给，大量的制作要求无止境的重复，重复引导我们走向技术的完美，特别是流水线分工，它使一技之长发挥到纯熟精湛的地步。同样的形状、同样的画，这样单调的循环作业几乎贯穿匠人的一生。技艺完美的工匠会超越技术。他们会变得虚心，不断回归伊始，在谈笑风生间重复自己的工作，以令人惊讶的速度完成工作，如果速度不够快的话，他就无法获得一天的生活来源。在这样反复的过程中，他的手获得解放，一切创造从这份自由中诞生。我心情激动地注视着这不可思议的作业。工匠真的信任自己的双手，没有丝毫怀疑！那令人震惊的笔锋走向、外形气势、奔放自然的风情，似乎他已经不是用自己的双手在工作，而是有某种力量在操纵着这一切。自然之美由此而生。

这是令人震惊的娴熟作品。在被称为杂器的器皿背后，有着长年累月的坚持，无止境的重复带来技术上的完善。与其说这是人的作品，不如说是大自然的产物。

请大家看看被称为"马之眼"的碟子吧,任何画家都无法自由地画出那么简单的旋涡吧?这着实令人震惊。在一切都将走向机械化的不久的将来,人们将难以相信过去的人曾经用双手创造出的奇迹吧!

七

民艺是一种手工艺术。除了神明,还有比人类更令人惊叹的创造者吗?所有不可思议的美都诞生于双手随心所欲的挥动。无论哪一种机械的力量,都无法抵挡手工的自由。我们的手才是大自然赋予我们的最优秀的器具,如若辜负了这份恩惠,还能创造出什么美来呢?

不幸的是,由于经济上的压力,现在几乎所有的工作都交给机械了。或许从中也会产生某种美吧!不见得就一定要避讳或者抵制。只是这种美是有局限性的。人们无法无限制、无顾虑地利用这种力量。因为这种美总是停留在规定的地方,规行矩步只能是美的阻碍。当人们被机械支配时,制作出来的产品就会冷漠肤浅。风格和雅趣只能靠人类的双手来实现。雅趣的酿成带来器皿生命层面的变化,凿削的痕迹、笔锋的走向、刀工的高超,等等,所有的一切,机械能够完成吗?机械只有决定并无创造。如果这样持续下去,机械最终将剥夺人类劳动的自由和喜悦吧!人类曾经支配过器具。只有主从二者处于正确的位置，才能酝酿升华美。

现今，手工艺逐渐走向没落，祖先们制作的杂器是我们宝贵的遗产。民俗手工现今已经演变为历史。手工艺的复兴困难重重。在今日反常的潮流推动下，民俗工艺一旦荒废将永无复兴之日。只有秉承传统的地方，依然在手工艺的正路上迈进。也有极少数人为振兴手工艺尽心竭力。"回归手工"的呐喊会不断出现吧！因为只有在手工的世界里才能拥有最充实最合理的劳动自由，才会得到真正的工艺美。民器早晚会重新得到大家的爱意和关注。即便时间飞逝，手工之美也不会衰落。它将随着历史的演变越发光彩夺目。

八

一开始，无论创意还是被创作的器具，抑或创作手法都是纯真无邪的。这份纯真才是器皿所应具备的本质。我们不能将这个词置换为"粗野"，因为唯有这样的本质才是美的保障。大家可曾见过艺术卓越却缺乏纯真的作品？可曾见过错杂中孕育美的事例？离开纯真便无真正的美。这些器皿虽然被称为杂器，但是其纯粹的姿态隐藏着美的本质。艺术的法则其实是融入众所皆知的世界中的。

领悟没有止境，委身于自然的作品在自由世界里散发着光彩。在优秀的工匠面前不存在任何单纯的法则。如何取舍并没有既定的法则,究竟应该创造怎样的美,也不拘泥于唯一的方法。但是他们不会出错,这并非随心所欲选择的结果,而是大自然将选择的自由托付给了他们。

唯有这份自由才是创造的生命力所在。杂器上所彰显的丰富多彩的种类变化印证着这一事实。变化并非人为的创造,人为才是枷锁。当所有的一切都托付于自然时,令人震撼的创造才拉开帷幕。人为所作注重技巧,那将如何展现奔放自如的风采呢?又将如何发挥无穷尽的变化呢?这里没有徒劳的循环,没有一味的仿造,这里永远是通向崭新世界的出发点。

大家仔细看看那个被称为"猪口"的器皿吧!在那么小的表面上刻画出的图案可达数百种!没人能够否定那笔锋的精妙!犹如随处可见的条纹棉料,千篇一律却无法寻觅完全相同之物。民艺是令人惊叹的自由世界,也是创造的福地。

九

因为是日常用品,所以一直被大家忽略。具有历史感的器物不多,即便保留下来,其种类也极其匮乏吧!日本工艺的多样化也就是这两三个世纪的事情。不论漆器、木工，抑或金工、染织、制瓷，这些工艺都被运用到各种日常生活用品的制作中。杂器的辉煌历史开始走向没落，真正的手工艺术在明治中期开始退出历史的舞台。然而在不少鲜为人知的地方，还有不少传统的手法被保留下来，保持着古代的风格。现今保留下来的杂器大多是江户时代的作品，种类数量都不算少。

德川文化保留在民间。不仅文学，绘画亦如此。现今遗留下来的杂器也是由民众保留下来的优秀文化的一部分。但是，它不像浮世绘那样代表着高雅的文化，而是保留了朴素的乡土风情。即便不具备优雅之态，也是可靠笃实的伴侣。若在生活中相伴，亲密之情便会与日俱增吧！有此等器皿相伴，便可感受犹如归家般的轻松自在。

总而言之，美已经日趋没落，能与昔日媲美的新器物已属稀有。随着时代的变迁，技巧只会越发单调重复。工匠们苦于这样的负担，逐渐丧失了活力。精心、精巧等特质也许还保留了下来，只是已经抹煞了整体的单纯美。对自然的信任已经被人为的工艺破坏，美的凋零显而易见。但是，在这样悲惨的历史交错中，唯一没有被扼杀的，其实是杂器之类的东西。或许是因为病原体很少，或许是因为它们一直被弃置于美术圈外，而免受制作者的干扰。如果现在想在日薄西山的境地寻觅健全之美，我们只能去这个领域。虽然它们形状简陋，但是无论放置在任何器物中都无法颠覆其稳固的存在感。试选一个陶瓷器，看看它的底部，能够与中国和朝鲜的茶杯、碗底座的结实程度相提并论的，恐怕就只有杂器了。杂器的世界没有脆弱。不！脆弱之物是无法承受日常磨炼的。

十

它们的力量并非仅此而已，它们代表了日本传统的存在。当然，无论是绘画还是雕刻领域都有很多可以展现日本传统的荣耀之作。但是总体来说，能够摆脱唐文化遗风的作品却很少，脱离朝鲜文化影响的作品亦很匮乏，能与这些文化抗衡的有深度的作品就更是少之又少了。在伟大的中国面前，在优雅的朝鲜面前，我们无法从容地拿出自己的艺术品。

然而，杂器这个领域却是一个例外，这里有独特的日本文化。在这里可以发现充分的确定性、充分的自由和充分的独创性。既非模仿，亦非追随。当日本的作品与世界的摆在一起时，我们可以毫不犹豫地指出哪个是日本的作品。这无疑是对自然、风土、人情的真实展现，是一轮真正的创造。在被人们称为杂器的器皿中，我们会羞于启齿谈论独特的日本吗？这不是说梦话。这些在广大日本民众中诞生的作品让我们感到自豪，让我们能够在日常生活中与这些器皿为友感到喜悦。这并非个人的感受，而是一个民族共同拥有的荣誉。还有比从民俗工艺中更能够找出日本美的领域吗？如果与民众息息相关的生活中没有这种美的基础，将是对心灵何等的不忠实！为了民族的荣誉，我也必须从积尘中翻找出杂器来。

十一

无学识的工匠作品，被千里迢迢从遥远的乡下搬运来，被那个时代的民众普遍使用，作为日常杂具被称为便宜货，现身于灰暗作坊中，毫无装饰，简单淳朴，可大量制作。为何在这些低级的器皿中蕴含着如此高水平的美？在无邪的婴儿心中，在毫无杂念的人心中，在那些不会夸夸其谈炫耀知识、语言含蓄谨慎、享受清贫喜悦的人们的身上，都可以感受到神灵的存在。同样地，器皿也鲜活地诠释着这样的真理。

自愿将一生奉献给日常生活，在健康与满足中度日，有志为他人传递幸福，这些质朴谦逊的器皿的一生所饱含的美，难道不令人震撼吗？频繁使用所带来的破损反增其美，这究竟是何样的天意？其实，信仰生活不就是牺牲的生活、奉献的生活吗？侍奉神明、侍奉人类、忘却自我的虔诚者的姿态，不正是体现在为主人奉献一切的器皿身上吗？适应现实最能显现出超越现实的美，这是何等深奥的道理啊！

自身并不知美为何物，心无杂念，不留恋于名利，将一切委身于自然，等等，从它们身上所散发出来的异常的美，是何等深刻的教诲啊！与以神明之名修行的信徒一样，它的身上不也蕴藏着同样深刻的精神吗？这些被称为"虚心之物""自谦之物"和"杂具"的器皿才应该被誉为"幸福之物""光辉之物"。美，皆归它们所有。

后记

在旧时代懂得认可并欣赏杂器美的是茶道的开宗先祖们，他们有不同寻常的慧眼。人们恐怕已经遗忘，今时今日一掷千金购买的名贵茶具"大名物"，其实以杂器居多。之所以能够如此自然，又具备如此奔放的雅趣，就是因为它们是杂器。如果不是杂器，绝不可能成为"大名物"吧！人们在观察"井户"茶碗时，据说发现了七处可赏。到后来，便被作为美的约定。如果把这件事情告诉茶碗制作者，他一定会感到困惑万分吧。之后，从遵循此类美的约定而制作的模仿品中，无法寻觅出优秀作品也属理所当然。因为它们早已经脱离了杂器本身的宗旨，不过是作为美术品来加工罢了。人们决不可忘记意味深长、古朴典雅的茶器其实只是毫不造作的杂器而已。

现在建造的茶室都讲究风雅，其风格大约源于寒舍格调。还是农家耐看！茶室本来是要体现清贫之德，而今却趋向炫耀富贵华丽，这不过是在演绎末世的浩劫罢了。时至今日，茶道本来的宗旨已经被大家遗忘。"茶"之美本是"拙劣"之美，清贫之美。

历史学家也赞美"大名物"，却不提其他杂器，仿佛它们并不存在。其实，茶碗和茶罐不过是众多杂器中的两种而已。已经端坐在美的宝座上的那些器皿，还有很多同类掩埋在灰尘下。不认同这些杂器，只能说明人们对于茶器之美还一无所知。

如果条件允许的话，我想在偏僻的乡下、被人遗忘的民居里，拿出沾满灰尘的杂器，沏一壶新茶。此时才是真正的回归本源，是与开宗茶道家们交融的时候。

摘自《日本名随笔·别卷七十一 食器》
作品社
1997年1月

译者 林冰莹

酒的追忆

太宰治

太宰治(1909—1948),本名津岛修治,小说家,战后无赖派文学代表作家。他出生于津轻的大地主家庭。《晚年》是太宰治的第一本小说集,他在附录中写道:"我以为这也许是我唯一的遗著"。太宰治的主要作品有小说《逆行》《斜阳》和《人间失格》。1948年6月13日深夜他与山崎富荣在玉川上水投水自尽,时年39岁。

说是对酒的追忆,其实也不是靠酒去回忆什么,而是要讲些有关酒的记忆,或者说是在追忆酒的同时,对种种类似生活形态的追忆。但以此作为标题似乎过于冗长,让人感觉是在故意标新立异,故暂且以"酒的追忆"为题。

我最近身体欠佳,度过了一段远离酒的时光。忽然一天脑子发热，对这种生活生出厌恶，便吩咐家人把酒烫好，用小酒杯盛了，一点点地抿着，两合（约360毫升）下肚，我便沉湎于感慨不能自拔。

酒呢，得加热后用小酒杯盛了，一点一点地抿着喝，这是无以言喻的事情。我从高中时代就开始喝日本酒，但是那些酒既辛辣又难闻，用小酒杯一点一点地喝起来很麻烦。像我这样将柑桂酒、薄荷甜酒或是红葡萄酒装腔作势地送到嘴边，浅浅地抿一口的人，对那些将日本酒杯排成一溜、大声叫嚷着的学生抱有厌恶、鄙视和恐惧之情。嗯，这倒是真话。

不过，最终我还是习惯了喝日本酒，不过都是在找艺伎风流的时候。因为不愿意被艺伎小看，虽觉得好苦好苦，却小口小口地喝着，然后一定会霍地站起来，像旋风一样冲到厕所，一面泪流一面呕吐，总之一定是呻吟着呕吐，然后让艺伎削一个柿子，铁青着脸咽下，经历这些可悲可怜的修行，我慢慢地适应了日本酒。

即便是用小酒杯盛着、点点滴滴地喝，都已经惨烈如此，更何况用茶杯喝或是喝凉酒、啤酒，甚至混合着喝了，那简直是让人战栗的自杀行为。我一直固执地如此认为。

以前，独酌并不被认为是一件雅致的事情，一定要有人来斟酒才行。喝酒只有独酌才对啊！说这种话的人一定会被认为是粗俗之辈。即便是将小酒杯中的酒一饮而尽,也会让周围的人瞠目结舌,更何况是独酌两三杯,且咕嘟咕嘟地喝干,一定会被人看作自暴自弃的酒徒,会被驱逐出社交界。

用小酒杯喝上两三杯,已经足以引发骚乱,用茶杯、碗等喝酒的话,就真的要成为新闻头条了。

刚与美少年分手的年轻艺伎,端着盛得满满的一茶杯酒,难受地说道:"姐姐,就让我喝吧!求你了!"这是新派戏剧常常使用的台词。

然后,比她稍稍年长的姐姐为了不让她喝下去,便试图从她手中夺走茶碗,然后心疼地说道:"我明白,小梅,你的心情我理解,但是不行啊。用茶碗喝酒这种事太粗俗了,你得先杀了我才行!"

然后两个人相拥而泣。在戏剧中,这种场面是最让人手里捏一把汗的。

如果换作凉酒,那场面就更凄惨了。垂头丧气的掌柜抬起头来,跪坐着向老板娘的方向凑近,压低声音说:"我可以跟您说一件事吗?"仿佛在下定什么决心似的。

"啊,可以啊。说什么都行。反正那件事已经让我瞠目结舌了。"

"那我就直说了,别吓坏了您。"

"我说了没事儿的!"

"那个……少爷,大半夜,偷偷溜进厨房……然后……喝凉酒……"掌柜的话还没说完,便哇地哭倒在地。老板娘惊道:"啊?!"往后一仰,秋风萧瑟地吹过。

喝凉酒几乎被认作极其卑劣的犯罪行为,遑论烧酒之类的烈酒了,只有鬼怪故事中才会出现。

不过,世事也有变化。

我第一次喝凉酒,不,应该说是被灌凉酒,是在评论家古谷网武君家里。不,或许之前我就喝过,但那次的记忆太鲜明了。那时,我应该是 25 岁,参加了古谷君他们创办的以《海豹》为名的同人杂志的工作。因为古谷君的宅子就是杂志的事务所,所以我也经常跑到他家,一边倾听古谷君高谈文学论,一边喝他的酒。

那时候的古谷君,心情好的时候超好,心情不好的时候低落得不行。我记得应该是一个早春之夜,我又跑到古谷君家里,他说:

"你,喝酒吧?"

他是用一种鄙夷的语气说的这句话。我的火气一下子就上来了。白吃白喝的人并非只有我一个。

"看你这话说的!"我勉强笑着说。

然后,古谷君也轻轻地笑了,说道:

"不过,你喝吧?"

"喝是可以喝。"

"不是可以喝,而是想喝,对吧?"

古谷君有点执拗。我便准备回家了。

"喂!"古谷君叫了一声妻子,"厨房里大概还剩五合酒吧?把那个拿来吧!直接把酒瓶拿来就成。"

我便想,不如再多留一会儿。酒有一种惊人的诱惑力。他的妻子将装着五合酒的大瓶子抱了过来。

"不用加热吗?"

"没关系,斟在那个茶缸碗里就行,给我满上。"

古谷君一副盛气凌人的样子。

我有些愤懑,只是默默地一口气干了。在我有限的记忆中,那应该是我有生以来第一次喝凉酒。

古谷君手揣在怀里,直直地盯着我,看着我将酒一饮而尽。然后,他开始对我的服装品头论足。

"你还是老样子,穿着一身好内衬啊!不过,你是故意想让人看到内衬吧?这可不正规啊!"

那件内衬是我远方老家奶奶的旧物。我更觉没趣了,继续咕嘟咕嘟地喝着,有生以来第一次自饮自酌凉酒却怎么也不觉得醉。

"凉酒这东西啊,不就跟水一样嘛。一点儿事也没有!"

"是吗?你会醉的。"

顷刻间，五合酒就喝光了。

"我要回去了。"

"是吗？那就不送了。"

我一个人从古谷君家出来，孤零零地走着夜路，忽然悲从心来，小声哼唱着：

"我……
被卖到了……"

我唱着游女御轻的曲子。

突然，实在是太突然了，酒劲儿一下就涌了上来。凉酒果真不是水啊！我酩酊大醉，霎时间只觉头顶上有一阵巨大的龙卷风在狂啸，脚像悬浮在宇宙中，轻飘飘的云雾浮在四周，我艰难地前进，之后就摔倒在地。

"我……
被卖出去……"

我小声嘀咕着，站起来又摔下去，宇宙仿佛以我为中心在飞速旋转。

"我……

被卖出去……"

只有我那细若蚊蝇、凄惨可怜的歌声，依稀从遥远的云端飘来。

"我……
被卖出去……"

我摔倒，又站起来，刚刚被古谷君嘲笑的那件好内衬也布满了污泥，我的木屐也不见了，只穿着一双和服短袜，就上了电车。

之后，时至今日，凉酒恐怕已经喝了千百次了，但是，再也没有出现过那么狼狈的情景。

说起凉酒，还有一段令人无法忘怀的回忆。

谈起这段旧事，就有必要先说明一下我与丸山定夫君之间的交往。

太平洋战争还在继续，那是初秋时节，我收到了丸山定夫君的来信，内容大致如下。

"我非常想去拜访您，可以吗？届时，我还想带一个人去，您一定要见见那个人。"

之前,我从未见过丸山定夫君,也从未有过通信往来。不过,丸山定夫这位演员的鼎鼎大名倒是如雷贯耳,我也有幸一睹他舞台上的英姿。在回信中我告诉他随时可以过来,并在信中附上了到我家的路线图。

几天后,从玄关外传来舞台上曾经听到过的那个极有特点的声音——"我是丸山。"我站在门口迎接。

却只有丸山君一个人。

"还有一位呢?"

丸山君微笑着,说:

"哪里,就是这个。"

说着,他从包袱里拿出一个方形瓶装的富井牌威士忌,放在玄关的台上。我心生赞叹:真是位风雅之人!那个时节,不,应该说现在也是,不用说富井牌威士忌了,就连普通的烧酒,凭我辈的能力也是弄不到手的。

"还有,这话听起来似乎有点小气,一半,今晚我们就喝一半。"

"啊,原来如此。"

剩下的一半,应该是准备拿到其他地方吧。对这么高级的威士忌来说,这应该是理所当然的事情。一瞬间我心里也表示认同。

"喂!"

我唤了一声妻子。

"去给我拿个瓶子来吧!"

"不,不是这个意思。"

丸山君急忙阻止。

"我是想今晚我们喝一半,剩下的一半我打算留在您府上。"

丸山君真是个风趣的人,我越发感叹得要叫好了。要是我那帮朋友的话,拿着一升酒到朋友家,大家定会喝个精光,而朋友也会认为这是理所应当的事情。更有甚者,拎两瓶啤酒到朋友家,先喝完啤酒,自然不够,就觊觎着主人会拿出什么酒来,有时候会用这种所谓抛砖引玉的伎俩。

这么优雅得体的酒客到访,还是第一次。

"原来如此!这样的话,我们今晚就全部喝掉吧!"

那一晚实在太开心了。丸山君对我说:"现在全日本我所信任的,就只有您一个,以后也请和我交往吧!"我害羞地挺起胸脯,心情好极了,开始得意忘形地大声骂起这个那个,稳重沉静的丸山君也似乎有些难为情了。

"那么,今天我们就先到这里吧。我告辞了。"丸山君说。

"不,还不行,威士忌还剩下一点儿呢。"

"不了,那些就留着吧。待会儿您意识到还有一点儿的时候，兴许也不是坏事。"

听他口气似乎是一位饱尝艰辛的人。

我把丸山君送到吉祥寺车站，回家路上，在公园的小树林中迷了路，鼻子狠狠地撞上了一棵大杉树。

第二天早晨照镜子，发现鼻子又红又肿，被撞得无法直视，我郁郁寡欢，走到餐桌旁，家里人问："怎么办？需要餐前酒吗？还剩下一些威士忌哦。"

得救了！原来如此，酒真是应该剩一点的。善哉善哉！这就是丸山君的用心所在啊。我完全被丸山君的人格魅力所倾倒。

自那以后，丸山君会时不时地来一封加急信，或是亲自来我家接我去各种能喝到好酒的地方。渐渐地，东京的空袭也开始频繁起来，但丸山君仍然一如既往地招待我。尽管有时我下决心这次一定要由我付账，但从酒桌冲到前台，总是被服务员的一句话"不用了，丸山先生已经结过账了"打发了，我从未有机会付账。

"新宿有一家叫秋田的店，你知道吧？据说今天是关门前最后一晚了。我们一起去吧。"

前一天夜晚，东京遇上了夜间的燃烧弹空袭，丸山君身着一身小题大做的消防服来邀我去喝酒。恰好，伊马春部君也说或许这是最后一次参加了，所以带着铁盔来玩。我与伊马君都觉得这是好消息，便立即与丸山君结伴去了。

那晚在秋田有将近二十位常客，老板娘在客人面前挨个放了一升装的秋田县产的美酒。我们从未见过如此豪华的酒宴。一人一瓶一升装的酒瓶，各自拿着一个大大的杯子咕嘟咕嘟地自斟自饮。海鲜也用大碗盛得跟山一样高。二十来位老顾客都是当时颇有名气的人士，也都是些名留史册的大酒豪，却怎么也喝不完瓶中的酒。那时候，我已经堕落为不管是凉酒还是其他什么酒都能大口吞饮的野蛮人了，却喝到七合左右就难受起来，便放弃。秋田县产的美酒，酒精度数似乎太高了。

"冈岛，今天好像没见到他呢！"一位老顾客说道。

"不是，冈岛家在昨天的空袭中被全部烧毁了。"

"那就来不了了。真是太可惜了，难得有这么好的机会……"

正当我们说着话的时候，一位满脸被煤糊得黑黝黝的、破衣烂衫、狼狈不堪的人进来了。他就是那个冈岛。

"哇，你居然来了！"

大家都惊呆了，不由得感叹起来。

在这场异样的酒宴上，喝得烂醉如泥且丑态百出的人，就是我的朋友伊马春部。之后据他的来信说，跟我们分手以后，再醒来时他已经躺在路旁。铁头盔、眼镜、提包什么的都无影无踪，近乎是全裸状态，而且全身都是擦伤。就这样,他结束了在东京的最后一次酒会。几天后,征兵令来了,他乘上船,被带到了战场。

关于凉酒的追忆就说到这里。接下来我想谈谈混合酒的事。混合酒这东西,现在似乎相当普遍,谁也不会认为有什么不妥。可在我还是学生的时候,这是十分荒谬的事情。如果不是了不得的英雄豪杰是不具备喝这种混合酒的勇气的。我进东京的大学后,被同乡的前辈带到赤坂的一家料亭。前辈是一位拳击手,在中国各地长期闯荡,一看就是个堂堂正正的大丈夫。颜如其人,入座后他就对料亭的女招待说:

"我们也要喝酒,把酒和啤酒一起拿来。如果不弄成混合酒,我是喝不醉的哟。"

真的一副很了不起的样子。

然后,他就喝了一瓶日本酒,接下来是啤酒,然后又开始喝日本酒,这样交替着喝。我对他的豪放饮姿心生畏惧,只是拿个小酒杯一点点地喝着,之后就听他唱起了山贼之歌:"想当年,出征时冰肌玉肤,而如今枪伤刀痕。"我由于太过畏惧,反倒一点都醉不了。接下来,他自制了混合酒,说了句:"好,我去小便。"说着,他那高大的身躯摇摇晃晃地站起来,我侧眼看他那小山般的巨大身躯,不由得心生敬畏,悄悄叹了一口气。那个年代,在日本能喝混合酒的人物只有英雄豪杰,此言并不为过。

而今如何？凉酒也好，混合酒也罢，只要能喝就好，能醉即可。就算醉得瞎了眼也无所谓，醉死也无不可。就连酒糟烧酒之类不明不白、莫名其妙的怪饮料也蹦出来了，绅士淑女们歪着嘴，牛饮着。

"凉酒，对身体不好呢。"

如今，诸如此类的对白、相拥而泣的戏剧，只会让看客失笑吧！

最近我身体状况欠佳，用小酒杯盛了、一点一点地抿着一级好酒的滋味堪称久违了。想起这些巨大的变化，只觉木然。直至今日我才猛然发现自己已经堕落到无可救药的境地。同时世态风俗也发生了惊人的变化，仿佛做了一个噩梦，听了一个鬼故事一般，让人毛骨悚然。

摘自《太宰治全集（第九卷）》
筑摩文库，筑摩书房
1989 年 5 月

译者　张闻

盛夏幻影

丰岛与志雄

丰岛与志雄（1890—1955），日本小说家、翻译家、儿童文学作家，曾任东京法政大学名誉教授、明治大学文学部教授，日本艺术院会员。丰岛与志雄在翻译方面很有建树，留下了很多优秀的翻译作品。

这是一片广袤无垠的平原。在一望无际的荒地上，零星地散落着一些小块的耕地，随处可见高大树丛和枝繁叶茂的小灌木。一条笔直的街道贯穿其中。这是经由何人之手造出来的耕地，是为谁铺建的通道？放眼望去，这既无农家村落，又无路人身影。这片土地上是清澄透亮的浩瀚天空，它完完整整地覆盖了平原。天空的正中间高高悬挂着灼热的太阳，太阳散发出的刺眼的光芒，充满了天空与大地。所有的东西都被照得火辣辣的，转眼就被蒸发掉了。在天空这个圆圆的天井的笼罩下，空气像电灯泡的内部一样干燥，大地在酷热之中苟延残喘。耕地喷吐着一阵阵的热浪，草原也干枯萎靡，散发出枯草特有的干涩气味，树叶无力地耷拉着脑袋，街道被埋没在白色的尘埃里。那股炽热仿佛要给世间所有的事物都打上烙印，狠狠地压在所有东西上，没有一丝风。

不大一会儿，街道上不知从何处冒出来一个如幻影般的高个子男人。他穿着一双磨损得厉害的草鞋，急匆匆地走着。每走一步都扬起一阵尘埃，那尘埃又马上静静地消失了。男子毫不在意，依旧迈着急匆匆的步伐，继续往前走着。他身着一件破烂不堪的已然看不出颜色花纹的和服，顶着一头放任其自由生长的乱发，没有戴帽子。一双眼睛凝视着前方，浮现出一种不可名状的狰狞。那眼神流露着倘若此刻与谁不期而遇，他定会用尽全力不由分说地将对方紧紧拥入怀里或者是暴打一顿的样子。

带着这样的眼神，他究竟凝视着何物呢？原来是耀眼的天空之光以及融合了热浪来袭的大地高温、凋零草木的气味的朦胧雾气。在地平线附近，潜藏着蛊惑人心的某种东西。在这个光芒与炎热的天地熔炉之间，仿佛只有唯一的出口。那个蓬头垢面的男子正朝着唯一的出口,用狰狞的眼神凝视着前方,迈着狂人的步伐,在笔直的街道上探寻。

原来那里果真就是天地巨大熔炉的出口。空气从那里静静地、缓缓地注入。顺着气流,有一团白色的云朵冒出头了。那朵云越变越大越飞越高,开始覆盖天空。无法测知厚度的郁积密云在空中缓缓上升,顶端承载着银白色的光芒,在影子中隐藏着黑暗的阴森之气。有几块密云,它们仿佛拥有巨大的根,牢牢地盘踞在地平线那边,争先恐后地吞噬着太阳。密云的脑袋仿佛被死死摁住,躯体却不断膨胀,一瞬间就冒出了无数个毛茸茸的脑袋,以盛气凌人之势冲撞融合,向天地覆盖过来。在那威力之下,万物皆屈服。气流渐强,云朵喘息着飞快地从地面一掠而过。

那个衣衫褴褛的男子,任凭风吹动他那凌乱的头发,他抬着头,毫无惧色,眺望着光波与云层的搏斗,那双眼睛近乎沉醉地凝视着。随后,他的表情柔和起来,嘴巴张得大大的,大笑冲出喉咙。温热的风虽很快将那笑声吹散到原野尽头,但一阵阵的笑声不断传来。他在笑什么呢?恐怕连他自己都不清楚,仿佛是他被什么东西附身后发了狂似的。

忽然间,他的笑声和吹散他笑声的风骤然停住。云将太阳遮蔽,宛若打翻了墨水,漆黑占领了大半个天空,暗淡的空气将天地层层包裹,世界陷入一阵诡异恐怖的沉默中。在这沉默中,刚听见不知从何处传来的遥远的雷鸣声,刹那间便一阵风起云涌,豆大的雨滴横扫过来,不一会儿工夫,就变成了一个电闪雷鸣狂风骤雨的世界。天与地融合成混沌的整体,乌黑的暴怒的羽翼与电光火石般锋利的爪牙,将一切都敲打粉碎。已经看不清任何事物的形状,男子的身姿也被吞没在黑暗里。

在混沌暴虐的世界里,不一会儿只见一道光穿透云层照射进来。太阳以威严之姿出现,将天空遮蔽得严严实实。如盘岩般的乌云被拦腰折断,从低空倾泻而下。雨停了,雷声消失了,风止了,燃烧着的太阳照射在湛蓝清澈的天空和被雨水滋养的大地上。天空饱含着耀眼的光芒,愈发显得澄澈鲜明,地面上的雨水跳跃着、沸腾着,吞吐着湿热的气息。坍塌的乌云颓丧失意地慢慢下沉,最终消失在地平线的另一端。

刚才那个男子,仍然在那一条渐干发白的街道上行走。经过雷和雨的洗礼,他耷拉着脑袋,似乎只是机械地向前迈进。他的头发最先被晒干,凌乱地卷曲着,他的衣服紧紧贴在湿漉漉的身上,烘烘地飘着热气;他的呼吸也跟周围的地面与草木吐出的气息一样,他在闷得发臭的热气中喘息着;他浑浊的眼睛失去了光芒,脸色也变得苍白,仿佛因为刚才的湿气与暑气,力气全都耗尽了。

即便如此，他依然在日光的炙烤下前行。他究竟要走向何处？地平线的尽头也因为大地散发出的热气变得迷茫不清。他仿佛认准了那个方向的某个东西似的，眼睛直勾勾地盯着它继续前进。突然，雨水冲刷过的道路上的一块小石头绊了他一下，他踉踉跄跄地走了两三步，险些摔倒。他试图站定，却像是用尽力气一般在路旁草丛中弯下了腰。然后他再也不动了，好像草丛中埋着的一块普通石子一样。

在他的头顶，耀眼的阳光充盈在大气层中，比刚才的雷雨云更高更远。在比太阳更遥远的云之彼岸，有一团雪白雪白的云朵，如刷子似的轻轻扫过天空。它拂过天空，以晃得睁不开眼的气势，缓缓地往更高的天空上移动。白云悠然自得地张开光之羽翼，天与地又悄悄地归于寂静，被炎炎烈日蒸烤着。

摘自《丰岛与志雄著作集（第六卷）》
未来社
1967 年 11 月

译者　张闻

儿时的回忆

上村松园

上村松园（1875—1949），日本画家，生于京都，本名上村津祢，也曾使用常子作名字。她是明治、大正、昭和时期十分活跃的画家，以日本画的传统手法为基础创作了高格调的美女画。上村12岁小学毕业后进入日本刚刚成立不久的绘画学校。后相继师从铃木松年、幸野梅岭、竹内栖凤等大师。15岁时以作品《四季美人图》参展劝业博览会，获得一等奖，被传为京都天才少女。1948年作为女性首次获得日本文化勋章。

古韵之美

与东京不同，京都举办展览会的频次不高，因此即便是举办拍卖书画和古董之类的活动，我也尽量不错过机会，以弥补这种不足。这样的拍卖会上，我对那些呼声较高的物品自然很感兴趣。不过相比之下，更让我感兴趣的是那些没有引起参观者注意，被孤零零地放置在角落的不明来历的东西，因为从中可以挖掘出一些意外的朴实无华之美。比如，以前女性穿过的木屐，或是高家①隐居时爱用的烟盒等。从这些不起眼的古董中可以找到特殊的美。这些古董身上蕴含着尊贵的艺术之光和古典的生命力，确切地说，应该称为"古韵之美"吧。

菊安二三事

我回想起年少时的一桩事。那时候我还是一个普通的三年级学生，我们一家四口住在四条的河原町附近。从河原町的四条往下走，东侧有一家叫作菊安的旧书店。那是明治二十年（1887年）之后的事情了，菊安书店里陈列的旧书大多是德川时代的版刻物、绘本和读本。

在这些版刻物中，曲亭马琴的小说尤其多，比如《水浒传》《八犬传》《弓张月》和《美少年录》，等等。在我的印象中，马琴的书几乎全都收齐了。而插画尤以葛饰北斋的居多，除此之外，还有很多当时的浮世绘画家所绘的种类繁多的大量插画。

---

① 日本江户幕府时期的官职，这里指豪门。——译者注

我母亲对绘画和文学抱有浓厚的兴趣，这份兴趣也遗传到了我身上。不管怎么说，菊安就在家的附近，母亲经常跑到菊安，把马琴的读本和各式绘本各买一捆回来。然后我们母女俩便翻着读本，看着插图，从中享受无穷的乐趣。我尤其喜欢将手头上那些版画随便找出一本来临摹，那是让我兴致盎然、乐此不疲的事情，也成为我少女时代生活的重要组成部分，变成了一种无法摆脱的习惯。如此一来，我经常央求母亲去菊安给我买版画。其中也有著名的《北斋漫画》，处于那个时代，可以用十分低廉的价格入手。只要握着一小把零钱，就可以抱一捆旧书回来，实在是很划算。

马琴与北斋的回忆

毕竟是少女时期的事情了，那时我对马琴、北斋究竟为何人并没有太多的了解，仅仅是享受其乐、执着其中罢了。多年后我逐渐了解到马琴与北斋有关插画的奇闻轶事，让我更加怀念自己少女时期的绘本了。

时至今日，已无须我做更多的说明。那正是制作《新编水浒传》插画的时候发生的事情。对于插画师北斋来说，作者马琴频繁且神经质地提出了过多的要求，最终使傲慢的北斋爆发，断然拒绝为马琴制作插画。不知是否因为北斋的插画人气更高，书店老板丸屋甚助就将《水浒传》的翻译权转给了高井兰山。但是，也不知道他们两人最后是如何和解的，翌年，北斋接受了须原屋市兵卫出版的由马琴执笔的《三七全传南柯梦》的插画工作。

北斋发挥其天才般的创作力，但由于过于新颖，最终两人再度发生冲突。马琴主张将最后一幅插图删掉，为此北斋强烈要求马琴归还所有的插画，书店再次陷入左右为难的局面。经过书店的努力斡旋，好不容易才使顽固的双方达成一致。

艺术家越是天才，对艺术的追求越是强烈，这是他们的价值所在，也是珍贵之处。绘本凝聚了历史上出类拔萃的艺术家们的奇闻轶事，想到今日能够像购买旧杂志一样轻易入手他们的作品，真让人感慨万千，同时也使人怀念那个不拘泥世事、洒脱自如的年代。

摘自《青眉抄·青眉抄拾遗》
讲谈社
1976年11月

译者　张闻

男人之心

冈本加乃子

冈本加乃子（1889—1939），出生于东京赤坂青山南町，本名加野。迹见女学校毕业后，拜与谢野晶子为师，发表了《明星》《昴》等短歌。1910年与在上野美术学校学画的冈本一平结婚，翌年生下冈本太郎。之后有《母子叙情》《金鱼缭乱》《老妓抄》等作品问世。

结婚前，对男性的观察总是朦胧而暧昧的，那时处于对性别无意识的时期。

结婚后女人才逐渐对男性产生自觉意识，对男性有了初始的了解以后，发觉男性是一种事业欲望极强且极利己的生物。

其实，这时还不算充分了解男性，仅处于观察的一个阶段而已，继续观察逐渐了解男性后，会萌生尊敬钦佩之念。第一阶段感觉到的男性的利己主义也不妨碍第二阶段油然而生尊敬之念。现今我仍然尊敬男性,当然这并不是指女性渺小或应盲目遵从男性,应该说男性具备一种不同于女性的卓越,即使女性自觉认识到自身的卓越之后,我依然认为应该保持对男性的尊敬。

那么,一定会有人问男性究竟在何处卓越优秀。寥寥数语无法点明说透。总而言之,男性身强力壮,即从生命力的角度来讲便具备不同于女性的丰富性。他们宽宏大度,忧郁低落时不会像女性那样歇斯底里。再者,他们的世界没有女性世界的阴险,他们比女性更慈悲心善。姑且不论技术才干,细心观察后你会发现他们的心地比女性的更仁慈。当然也不能泛指所有的男性,但观察社会后的确能够发现男性具备值得我们尊敬之处。这并不是与女性比较后得出的结论,仅就转换视角而言,尤其是最近经历一些女性间的小心眼和不愉快后,更令我对男性的卓越心生崇敬。

摘自《冈本加乃子全集(第十四卷)》
冬树社
1977 年 5 月

译者 吉田庆子

非凡人与凡人的遗书

冈本一平

冈本一平（1886—1948），日本漫画家、作词家。冈本一平在大正时代一举成名，以他为中心的十人漫画家于1912年成立了"东京漫画会"。妻子为小说家冈本加乃子，儿子为画家冈本太郎。

牛、鱼死的时候是不会留下遗言的。鸟儿啊，松树啊也没有遗言。留遗言的只有人类。死的时候除考虑自身以外还要顾及他人，作为某种责任留下只言片语。这是因为人类在万物中居首吧！

据我所知，我周围就有两位用心周到之人，每年在正月元旦改写遗书。因为两位都很长寿，所以不知道他们到底改写了多少遍。我曾询问是否有必要每年改写，其中一位回答："丧葬车不也都年年进化吗？"另一位则答道:"遗书也会年年过时。"两位都一丝不苟地通过写遗书的方式来验证自身的灵魂。

禅家将遗言诗词称为"遗偈",不过大都有个模式。"一生分分秒秒皆三昧,恰似弹指一挥间",这是叙述自己禅学悟境的一种形式。也有人自嘲一生贪吃嗜睡,游手好闲,这也是一种形式。当然自嘲中可能带有几分炫耀悟境的意思。还有一种表现的是即将离开尘世的态度,那就有一种踏破地狱和天堂的气概了。

此外,还有完全回归凡夫之心的僧侣遗偈。近代的释宗演就属此类,他临终时叨念着"我不想死!"类似例子不胜枚举,这算是一个挺有趣的结束方式。

桃水和尚作为凡夫也可算是超凡脱俗了,从他临终时留下的鹰峰风清月白等遗偈可窥见一斑。

提起遗言,不由让人想起芭蕉被门下询问时曾言道:日常所言均为遗言。与上述遗言类型相比,这位诗人对遗言的态度过于模糊,让我等难以找到感觉。

临终时,因对病痛困苦和对人生的眷念可能导致我等凡夫俗子突发奇想或出现逆反心理,从而无法留下真言,因此平时就将离世后的事情都道得一清二楚为好,并且要拜托近亲不要采用患病以后的胡言乱语作为遗言。

试想,特意称其为"遗言",可能反而让人觉得必须装腔作势，有失平常心。

常有即将离世之人不遗余力制定"家宪"之类的东西，其实也不知能保留几代，能够经得起考验的"家宪"很少，最终大多成为无用之物。对于那些坚信自己属于家族历史中重要一员的人物，可将自身善恶两面的经验留给子孙，作为实际生活的参考。

对于凡夫俗子而言，遗言无须过多。既无可炫耀的生活和思想留世，又无教导子孙的自信，充其量只能叙述一点人生感慨之类的东西而已。

唉，对家人说明一下如何处理身边之事也就算是完成了一个人的责任吧！

摘自《中央公论》
1927年9月号

译者　吉田庆子

欢迎光临能的世界

第二十四世宗家　观世左近

观世左近（观世左近是从中世纪至近代日本能乐观世流宗家的宗主常使用的名字。近代以后以第二十四世宗家观世元滋最有名），能乐师，观世流第二十四代宗家。京都出生。

千年之鹤歌万岁乐，万代池之龟甲备三极。海滨之沙沙沙作响，明日太阳普照，瀑布之水清冷，夜月闪耀高挂。今日祈祷，天下太平国土安稳。

这是《翁》剧中的一个画面。不知为何，每当唱到这一节时，总会感到心情无比舒畅。从成人式初次舞《翁》以来，到现在已经上演了近百次，但不论多少次登台表演《翁》，每一次都仍然感到身心焕然一新。特别是在正月的初会能乐上演出时，心中总是满怀感谢之情，我竟然能够出生在能乐之家啊！坐在被新年装饰所环绕的能乐舞台上，沐浴着初春清晨的阳光，唱着"之う之うたらり"①，这种心情只可意会不可言传，大概只有体验过相同喜乐的人才能够理解吧！

《翁》曾有着光彩辉煌的记录，它是家祖观阿弥清次在庆安年代，作为观世大夫初次在将军义满面前舞能时的第一个节目。在世阿弥的时代，已有文献将之视为神圣事物，能乐自成为德川幕府的典礼乐以来，变得更加严肃。可以想象历代观世大夫是以多么自豪的心情来演出这出剧目的。所有的观世大夫皆发自内心视《翁》为神圣，祈祷天下太平，国土安稳。他们的派头也是极大的。关于观世大夫们的派头有以下传说。

那是在将军家初次表演《翁》时发生的事情。根据惯例，上下穿着熨斗目②的若年寄会登上能舞台的阶梯，走向桥台，面对帷幕招呼一声"能剧开演！"此时，照理说应该是帷幕上升，观世大夫出场，却不见观世大夫的踪影。坐在正面观众席上的将军即派使者前往后台询问为何不揭幕。观世大夫答道："以往在演出《翁》时，若年寄会单膝跪在桥台一之松处说能剧开演，今天却没

---

① 这句歌词的意思至今被视为谜，有多种解释。有说为梵语，意为祥瑞。另有说法为绳文语。——译者注

② 和服的一种。——译者注

有这么做，我在想到底是怎么回事。"因为观世大夫所说的有道理，若年寄只好再次登上舞台向桥台走去，面向帷幕单膝下跪再次招呼，才终于揭开帷幕。

我的祖父廿二观世大夫清孝在尾州侯演出《翁》时，因为本应卷起的竹帘未卷，便从后台询问："今天的《翁》未遵照惯例卷起竹帘是何故？"得到的答复是："因身体微恙，故于竹帘中观赏。"卷起竹帘观看是《翁》才有的规矩，其他的能剧则不卷也无妨。可见，《翁》既是能剧，又被视为一种式典。

因此，演奏的人们也以非常严肃的态度演出。过去如此，现今也无变化，大家会事先别火洁斋、净化身心。当天前往后台建坛，安置翁面，供奉神酒及洗净的米，从大夫开始依次领受后才登台。在桥台上步行也有规矩。观世大夫在舞台正面坐下行礼后，其他人也会站在舞台入口的主角柱向正面行礼。这是从古流传下来的在神前或君侯前表达敬意的一种方式。现今虽然已经没有必要，但我抱着奉献之心依然执行仪式，借此向天地神明祈祷。《翁》是以小鼓首席和次席的合奏来演出的，演奏中洋溢着喜庆之情，实是可喜可贺。生动活泼的千岁之舞，包罗天地人三才世事万象的秘密，庄重地跳完《翁》之舞后以三声"万岁乐"作结，仿佛卸下了重担，舞者被平静舒畅的喜悦之情所环绕。

新春还有一个叫"谣初之式"的仪式。这也是我每年惯行的不可或缺的仪式,正月初三会在上野东照宫的拜殿演出,沿袭着旧幕府时代在江户城举行的古老仪式。

正月初三酉时,将军会在江户城的大广间与御三家[①]为首的诸大名会面并举杯祝贺。这时随着老中[②]的一声"请唱!",幕府的首席乐师观世大夫便端坐唱起《四海波》小调。接着观世、宝生(由金春、金刚及宝生三家轮流出演)、喜多等三流派的观世大夫演出《老松》《东北》及《高砂》等乐曲。之后三位大夫会将领受到的时服卷在身上跳起《弓矢立合》。合演结束后将军会脱下自己的肩衣赠予观世大夫,在座的御三家等诸大名也会跟着将自己的肩衣扔给观世大夫,接着以老中的祝词作为仪式的尾声。这种时候收到的肩衣数量庞大,听说多的时候可装五六个衣箱,少的时候也不会低于三箱。隔天各大名会派使者前来,以酬金交换这些肩衣,光靠这些酬金就能保观世大家族一年衣食无虞。虽然过去曾有过这种豪气的事迹,但有趣的是,在幕府末年动荡不安之际,或许诸大名也因国事繁忙,无暇顾及谣初

---

① 德川幕府将军直系三家。——译者注
② 江户幕府官名。——译者注

的酬金，记得我小时候曾见过衣箱里装满已被虫蛀的带有各种家纹的肩衣。

现在的谣初之式在正月初三的下午一点举行，因为是在神圣的东照宫神前演出，别有一番肃穆的气氛。以德川公、松平伯为首的旧幕府大臣排成一列，按照流派，清水八郎属于旗本①做番奏者，东照宫的神官则执行仪式。身着古时的装扮，端坐在拜殿唱着《四海波》，虽备感拘束，心情却是爽快无比。我在唱完小调后，就由下宝生流派的配角演奏《老松》，接着宝生、金春、金刚等三流派轮流演奏《东北》，再接着还有喜多演奏《高砂》。结束后拜领白纶子、红绢里的时服，以壶折式穿在素袍外，三人依旧时习俗跳起《弓矢立合》。因为《弓矢立合》的辞章与军国之春相配，所以在此引用。

释尊、释尊，手持大悲之弓、智慧之矢，惊醒三毒；爱染明王执弓矢，现阴阳之姿；而五大明王之文殊，化身养由取苇制弓，爱染明王现身为箭。我朝的神功皇后击退西土逆臣，享与民尧舜并列之荣耀。应神天皇为八幡大菩萨之神，永镇座石清水八幡宫。

---

① 原来军阵中主将旗所在地即本阵之意，后变化为主将旗下的直属近卫兵。在江户时代指将军的直属家臣。——译者注

此合演由三人三种流派来舞，结束后奏者番从神前捧着肩衣，由我作为观世大夫来拜领。奏者番在神前报告仪式顺利结束后，谣初之式即宣告落幕。

摘自《能乐随想》
河出书房
1939 年 4 月

译者　陈怡如

命运与人

有岛武郎

有岛武郎（1878—1923），日本近代著名作家，白桦派文学兴盛期的重要人物之一。生于东京都小石川，为大藏省官僚的长男，也是画家有岛生马、小说家里见弴的亲哥哥。有岛武郎自学习院高等科辍学后，进入札幌农业大学就读。1903年他到美国留学，归国后在札幌农业大学任教。1916年因生父及妻子去世，心里哀愁，正式加入笔耕行列，陆续发表了《一个女人》《卡因的后裔》等不朽之作。1923年和女记者波多野秋子一起在轻井泽的别墅上吊自杀。

一

命运恰似物体支配影子般主宰着万象，而死亡则是一种现象，暗示着命运最后的归宿，因为最终所有现象的终极就是灭亡。

我们所生存的世界，万事万物皆永无稳定。而在追求稳定的道路上，万事万物又对立互克。那些被我们称为能量的事物都以结果显现，只有能量运作的时候我们的生命才确实存在。然而，在我们孜孜不倦地寻求稳定、迈向稳定的道路上终于要实现稳定时，能量即便存在也不再发挥作用。恰如一阵风吹过时掀起的波澜，各种力量不断相互作用，最终水面恢复如明镜般的平静。只有石头般沉默的水的集合体凝然不动，沉淀着。仿佛这潭水的所有生气都被隔断，没有任何力量可以作用于它。

我们所生存的世界的万事万物最终也会这样尘埃落定吧？只有深藏于"巨型的死"的"生"吧？

任何结局都是我们必须接受的。

二

人类必须接受命运带来的所有结局。可是，我们的本能或称人的本性所强烈要求的不是死亡，而是生。

人生充满了矛盾。时而是喜剧，时而是悲剧。我们非常清晰地了解生命的终点就是死亡，可我们仍然拼命挣扎着要活下去，多么奇妙恐怖的矛盾！应该说这是人生最悲剧性的一个矛盾。

三

我们都口口声声说我们是活在当下的生灵。未来的一秒、现在的刹那都是生的领域。或许有人会说只要我们的意识还存在就没有必要对未来的叵测命运患得患失。

然而最终这也是一种自欺欺人。

勿论人类，生物在陆地生活伊始就饱受死亡的威胁。人类所创造的一切哲学，无论以信仰的方式，还是以理论的形态，抑或以事实的姿态出现，都不过是人的心灵与死亡碰撞的反应。

我们的本能、潜意识的最深处对死亡的畏惧比我们所意识到的更强烈。面对命运的引导，我们拼命地后退、反抗和挣扎。

四

有人恐惧肉体死灭，有人畏惧事业破产，有人害怕丧失个性，因而拼命觅食、求医、忙碌奔走，徘徊于爱憎之间。

五

人类的生活如落水时拼命抓住最后一根救命稻草，还有比这个更炊沙镂冰的吗？

六

然而,在这期间我们也可以察觉到人类生活中一个不可思议的现象,在许多畏惧死亡的人中寻找出更贤明、更有洞察力、更有智慧的人。

所谓的常人也就是那些不了解生命的人,他们应该是最强烈地反抗命运的人,应该是主张生存的绝对权利的人。

然而总是事与愿违。我们中间那些越是被视为优秀的、应该看破命运诡计的佼佼者却越热衷于战胜死亡。

七

"主啊!请赐予我死亡之杯!"耶稣的这句话代表了所有佼佼者灵魂深处的呐喊。深谙人间苦难想普度众生的佛祖释迦牟尼是具有思想的众生心灵向往的对象。面对命运的诡计,我们终究无法将它作为闲人纠结之事而一笑置之吧。

八

那么,我们应该如何看待他们丝毫不放弃、精进于生的内心世界呢?

九

谈到这里,我们必须透过事物的假象进行更深层次的挖掘。

我曾说过他们对死毫无断念精进于生。其实事实并非如此。他们最后的宣告不是彻底对死的断念,而是对生的断念!并不是精进于生,而是精进于死。这是我必须要说明的。

为什么呢?

十

在此,我要发表一点愚见,即使对某些人来说这是显而易见的事情。

他们是彻底领悟了命运心思的人。正如命运将万事万物之间的平和稳定作为终极目的一样,他们也将心与心的安宁作为最终的目的。在这样本能的驱使下燃烧的人们,不论他们表现如何,支配他们本能深处的力量就是从冲突到稳定的历程。毕竟他们与命运的步伐协调,按照同样的节奏在行动。

十一

从混乱表象中梳理真相,从纷乱的假象中找到实质的统一,从混乱的物质生活到稳定的精神生活,由丑到美,从杂乱无章到井然有序,由恨到爱,从迷茫到领悟,就是从冲突矛盾走向平和稳定。

睁眼看看我们的历史吧!看看我们的先觉们吧!再审视一下我们的心灵吧!所有美好的事物美好的记忆不是都朝着同一个方向恒定移动吗?从冲突到稳定……朝命运的眼神所凝视的方向看吧!

十二

我们何须畏惧,何须顾虑呢?命运毕竟是善解人意的。

十三

所以,我们要勇敢地活下去。我们生存在一个不稳定的世界,也拥有一颗不安分的心。世界与我们的心灵屡次失足于刚刚建构起来的稳定基石。或许这样狼狈的挫折会永远主宰我们的生活。即便如此,我们也要在夹缝中求生,何言畏惧!我们的体内隐藏着无法抑制的、在混乱中寻觅统一的本能,绝不会消失。这就已经足够了!

我们要好好地活着。与周围向我们逼近的死亡万象奋力抗争。为了摆脱死亡,我们要竭力健全肉体、维护健康,同时为建立一个健全的社会、稳定的生活进行大刀阔斧的改革!为了我们灵魂的永存,斩断所有死亡的荆棘。

当我们拼命战胜死亡时，不就是把通向死亡的险峻之路铺为平地的时候吗？那时候我们要与命运紧紧握手，齐心协力投入将万事万物从矛盾转变为稳定的神圣事业中。

十四

如果命运是残酷的，那么战胜命运的唯一路径就是培养人们对生存本能的执着，埋葬"大死"，先发制人。如果命运是善解人意的，那么与命运紧紧握手接受命运爱抚的唯一方法就是培养人们对生存本能的执念。除早日埋葬"大死"让命运狂喜以外，别无他法。

十五

惠特曼（美国十九世纪杰出诗人）曾经讴歌：[①]

来吧，美好的给人慰藉的死亡，
像波浪般环绕世界，安详地来了，来了，
在白天，在黑夜，微妙的死亡，
或早或迟走向所有人，走向每一个人。

---

① 中文版节选自[美]沃尔特·惠特曼著、邹仲之译：《草叶集》，上海：上海译文出版社，2016年版。

赞美这深不可测的宇宙吧,
为了生命和欢乐,为了奇妙的事物和知识,
为了爱情,甜蜜的爱情——赞美!赞美!赞美!
为了死亡那冰冷牢固地拥抱着的双臂。

黑黯的母亲总是迈着轻柔的步子滑近,
难道没有人为你唱过一首热烈欢迎的歌?
那么我为你唱吧,我赞颂你超过一切,
当你确实来到,毫不迟疑地来到,我会献给你一首歌。

来吧,强大的解放者,
当你带走了他们,我会欢欣地歌唱死者,
陶醉于你那荡漾着慈爱的海洋之中,
沐浴在你的幸福波涛之中,啊,死亡。

我为你唱起快乐的小夜曲,
我向你致敬,为你翩翩起舞,张灯结彩,举行盛宴,
旷野的风景和高朗的天空正好相宜,
还有生命和田野,以及巨大、沉思的黑夜。

星空下的夜寂静,

我熟悉那海岸和海浪的沙哑絮语,
灵魂正在转向你,啊,庞大而隐蔽的死亡,
肉体也感激地向你靠近。

我唱给你的歌在树林上飘过,
飘过起伏的波涛,飘过无数田地和辽阔草原,
飘过房屋密集的城市、拥挤的码头和道路,
我满怀欢乐唱这支颂歌,欢乐地献给你,啊死亡。

摘自《日本的名随笔96·运》
作品社
1990年10月

译者 张辉

瑞吉峰上一夜

斋藤茂吉

斋藤茂吉（1882—1953），歌人，出生于山形县。东京大学医学科毕业，在伊藤左千夫门下与岛木赤彦等人成为阿拉拉基派的中心人物。他的歌集《赤光》歌颂强烈的生命欲求，这种歌风受到人们的关注。此外在研究和评论方面他也颇有建树。他的作品《柿本人麿》曾获得学士院奖。斋藤还是艺术院会员，曾获得文化勋章。

一

我从瑞士首府苏黎世乘坐下午二时十分的快速列车出发，计划前往东南方向，在四面环绕湖水的瑞吉峰上留宿一晚。

火车出发时我探头往外一看，远方山上盖满房子的风景令我想起了长崎。火车一路加速飞驰。渐渐进入山地，起伏不定的地势新奇、独特，引人入胜，混浊的河水从遥远的山谷间流出，带着势头顺流而去。

火车沿楚格湖南下，只见湖畔有很多美丽玲珑的村落。穿过长长短短的隧道后见到一些发电厂，山峰已经显现，山脚的云彩呈浅蓝色，聚成一团。下午三点左右我到达楚格车站。这里是一个靠山的村镇，可以远眺湖泊。走过那里时发现原来瑞士人跟德国人、奥地利人等有所不同，相貌有点近似犹太人，只是有些人鼻子较高，眼眉浓厚，给人一种山里人的重厚感。

在一个叫阿尔特·戈尔道的地方转乘登山火车。随着高度增加，视野也逐渐开阔，从西北和东南面都能看到湖泊。湖水闪闪发光的部分和阴处蓝蓝黑黑的部分，风景层层渐变。被红叶染红的树木也开始出现，也有高山流水形成的瀑布。眼前突然出现一只颈上挂着响铃的牛，它摆动着耳朵望着这边，远处山谷亦传来阵阵牛铃声。据说山里有五千多头牧牛，本来只是实用的牛铃，却让游人感受到另一番风情。到底，审美论者所谓的"幻觉""幻象"看来还是有点依据的。

深红的果实结成一团，原来在东洋的山水画家笔下树枝上的几颗比人头还大的红点，亦是自然写生。其间，夕阳穿过像棉花般的云朵，有的云变得像雪山，而没有被照到的部分更显得漆黑。

到达山顶前有好几个停车场。一路风景非常美丽。路过瑞吉·施塔菲尔、瑞吉·克洛斯特利等地方后,抵达瑞吉山时已是夕阳西下时分。那里的旅舍宽大堂皇。到了旅舍我才发现忘记拿雨伞,正在焦急时,同车的外国游客帮我取了伞来。他们是一对来自罗马尼亚附近的老夫妇。旅舍有好几间漂亮的房间,看过几间后我最后定了十八瑞士法郎的房间。

我出了旅舍,爬上后方的山丘。山丘视野开阔,可以清晰地看见高低起伏的阿尔卑斯山脉。所谓山脉的蜿蜒起伏其实就是有的地方高处突凸已经积雪,而有些地方还未下雪,相互交错起伏,甚有生气。

大大小小的湖泊填满交错之处。眼前的楚格湖在山谷间形成樽颈子,窄窄地往北面逝去。太阳渐渐西斜,远方湖面散发着银光,令附近的水面深蓝得彻底。北方湖水的尽头便是首府苏黎世——我昨晚留宿的地方。从那地方附近山脉开始变矮,一直穿过德国国界,消失在视线尽头。这附近左边是黑森林地带,往右则是巴登地区,再往右边就是拜恩地区了。想起自己留在拜恩首府慕尼黑读书足足一年多,就在两个月前还住在那里,不禁涌起一丝丝伤感。万山重叠,浩瀚的大地和清澈的空气,这样的环境容易勾起人类似的情感。这种神秘感或许就是东洋山水画的灵感之源吧!

现在我站在被旅舍的人们称为"山顶"的地方。往下走左边就是重重叠叠的山岳,它们像是要对我施压一般。下方可见到湖的一部分,大湖像章鱼似的从这里一直延伸到西南方向,连接湖水的河流看起来如丝线般细长连绵。一只大黑鸟向湖的方向飞去。我打算明早下山,再转乘蒸汽船渡过这个大湖到琉森州。

"山顶"风极大,才九月下旬,我已经穿上冬天的外套。坡上有三四个女人在卖东西。她们大多是老妪模样,用朴素的布包着头。其中有一两个姑娘用深红豆图案的头巾包着头,红红的脸颊是在高山气候中长大的特征。她们都在卖明信片、木雕牛、笛子、挂在牛颈的小铃、零食之类的东西。我走到旁边看了好半天,因为东西过于原始,能够带回乡土做纪念品的极少。我在摆弄一只小木牛时,牛耳朵忽然掉了下来,可能是因为胶水黏得不牢,我佯装无事把它放回到其他木牛中。

太阳渐渐变黄,向山峦靠近,女人们亦开始收拾东西准备回家了。她们不是住在我们旅舍所在的瑞吉山,而是住在离这里更远的山腹部。不时有挂着颈铃的山羊、白牛、斑牛、黑牛靠到她们身边,她们也毫不理会,收拾好便离开了。当地住民的地方还有一间小小的天主教堂。这是两位信教的女士所建的,正因如此,附近岩壁间涌出来的清澈泉水就被称为"尼之泉",而这个小教堂亦冠名"雪之马利亚"。

可称为阿尔卑斯山脉一小部分的瑞吉峰,在十八世纪中叶左右才渐渐引起登山者的关注。十九世纪初爬上山顶欣赏绝景的游客猛增。据说在1816年这里就建有一家旅舍。可是瑞吉峰只是阿尔卑斯山脉中的一个山顶,登上山峰的和多年住在这里的人都应该是笃信之人。即便像我这种在下界住了一阵子的人,登上山峰也能够感受到塞冈蒂尼画境中的种种景象与情绪。

塞冈蒂尼画过各种题材的画,这是他的一个倾向,单以"曙光"(或名为黄昏)为题的油画为例,这幅画我曾在德国看过,数日前亦在瑞士见过。它以日出前高原为背景(或是在黄昏,亦被视为日落后的余光),画上左方有个女人坐在石头上,双手放在膝上静静冥想。她身穿厚厚的衣服,头上包着浅蓝色的头巾,女人身前的锅里似乎煮着什么东西,白白的蒸汽徐徐上升,锅下烈火熊熊。周围一片都是小石子的地,石头与石头间长着杂草。塞冈蒂尼用各种原色颜料把所有东西都一笔一笔地呈现出来,正是他那份细腻使画面散发着宁静,与甘甜的伤感形成一种极好的平衡。画中女人右手有一头颈上挂着响铃的大斑牛,像正伸着脖子张着大口吼叫一般。那牛的后面有木栅和牧场,有个男人正领着牛羊群往远处去。画的另一边,山峰气势凌人,左方却只有零星的人家。女人膝前篝火明亮,虽然晨曦未至,天色仍然暗淡,却显示出太阳将要东升的迹象,黄色的光芒四射,天空的其他部分则被细密地填满了黄、红、紫、蓝等颜料。

这幅以阿尔卑斯高山的农民为题材的细致宁静的画,安抚了我这个疲惫旅客的心灵。即使现在,我身在瑞吉峰,仍然能想起他的那些画,画中的风景带着一种现实感浮现在我的眼前。不过,我从那份安宁的爱和神秘感中联想到霍普特曼剧中的那些更加炽热的东西,有如年轻僧人上山途中,母山羊把僧人的圣典吃掉,还有丰满女孩的红唇和心脏的鼓动……我的思绪飘向它们,因无法持续而远逝。卖东西的女人们离开后,山丘上寒风肆意吹过,湖光和为它披甲的山岳、山上层层叠叠无尽的白雪都无法令我投入大战后兴起的艺术中去。

"天已经暗下来,好像湖那边就是南方啊!"

"是啊,离开巴黎都不知过了多少天了。"

"快两个月了吧。过海峡的时候你不是不舒服反胃吗?当时你旁边的那个西洋僧尼也在呕吐呢!"

"我要回旅舍了,这里太冷了。"

我和妻子离开"山顶"回到旅舍。在大厅买了几张明信片,看到有通知写着"各位旅客,日出三十分钟前将以阿尔卑斯山的角笛提供唤醒服务"。

二

回到房间我发现原来房间并不是正方形的,而是被切掉一个角,只并排放了两张小床、一张圆桌和三把椅子。

我穿上外套,戴上围巾,把脸贴在窗边眺望着远山。山脉从旅舍的南方层层叠起,由近及远,远方的层层山脉看起来就像白雪集结成的水晶。玻璃窗被我的气息蒙上一层雾气,我轻轻用手擦去。

太阳似乎从右方的山上沉下去,山色随时间不断变化,山下的湖水也有部分时而铅色,时而变成深蓝色的,几块云朵变换着形状拥来,亦朝着湖的方向沉下去。暮色时分,我看到窗下有个穿着厚裤子的年轻人叼着烟管走过。

如是这样,我默默地看着山岳足足看了一小时。妻子独自在那里,没有跟我一起观山景,想必是连外套也没脱就把两只胳膊放在圆桌上按着太阳穴在闭目养神吧。山上这个小屋短短的一小时里,我们似乎很协调,但似乎又并不如此。

一会儿电灯亮了。我们才回过神来互相看了一下,脱下外套,整理好仪容下楼去食堂。食堂在大厅,且很华丽。据说这个食堂在夏季时会熙熙攘攘挤满人,但今天只有三五桌客人。我们在靠窗的桌子前坐下后，侍应生便为我们搬来旁边的电气暖炉。

饭菜全是上等佳肴。我们饮过白葡萄酒后，享受了一顿久违的宁静的晚餐。接着我们到沙龙看看报纸，谈论了下今天登山的路程和明天下山的路线之类的。本想写封信给故乡的人，想来想去最后只给在德国的友人写了一张明信片。

想着要回房休息，我们便离开了沙龙。经过走廊时与一位女佣人擦肩而过，她向我们点点头，打了个招呼便离开了。回到房间，很有一种"隐居深山"的感觉。没有任何东西阻碍这份无拘无束的宁静，两人也没有冷漠相对。但这份静寂也没有卷起情感的波澜。我们就这样在房间里无言半晌，然后我脱下衣服钻进被窝里。

我发现被窝里居然放有汤壶。"咦？这里放了汤壶，果然山上的设备不一样呢！"说着，我用脚碰了碰，发现它跟慕尼黑那边用的汤壶不一样，拿出来看看更觉得有点像个酒壶。

"我那边床上会不会也有呢？"

"哦，真的有啊！"

"这东西外形很有趣，是不是用来装酒的？"

"真的，应该什么地方有记号吧，真奇怪！"

妻子这么说着，便将酒壶形的汤壶放回原处，之后她似乎在弄些什么，一会儿也钻到床上去了。我第一次在维也纳过冬时，曾拜托旅馆的老太太找了一个四角形的比利时制的汤壶，但丝毫没有派上用场。我猜想欧洲人大概不用汤壶，只好断了念想。寒冬季节大部分时间都逗留在咖啡店里直至回旅馆休息。然而，到德国慕尼黑后，发现那里从全铜的汤壶到比利时制造的应有尽有，书桌也有暖脚的装置，让我渡过了德国的严冬。

关上灯后有一会儿了，我却不知为何无法入睡。夜深的宁静直击人心，没有虫声，没有雁声，妻子似乎在不知不觉之间静静地入睡了。

摸摸汤壶，见还未变冷。我有点心灰意冷。刚才还在数绵羊令自己入睡，现在反而醒不来。角笛声已经响起，起初仍是半睡半醒，时有时无的凄凉低沉的角笛音律，终于让我回过神来。那旋律过于巧妙，让人不禁想到是否吹的就是喇叭。

即使如此，那也不是普通的喇叭，每次醒来都把我们的思绪唤回阿尔卑斯山。隔了一会儿，起床后我们穿上保暖的衣服，爬上楼梯，站在朝东的窗边眺望，天空尚未完全明亮，山顶上空只见到朦胧的金黄色。

似乎有朵奇怪的云在慢慢移动，直至它上方突出来的尖尖山岭由蓝变黑，洋人宾客一个都没来。我们返回房间拿来毛毯，两个人一边取暖一边耐心地在那儿站了好一段时间。

这时候,我们终于欣赏到一尘不染的阿尔卑斯山晨景。我虽然对德国文学没有很深的研究,但似乎读过好几篇有关日出的好文章。山上美丽的日出可谓混沌初开,亦可喻为开运之征兆。不过,相比之下更重要的是现在跟我在一起的是向来坚持己见的妻子,令人萌生一种奇妙的感觉。

摘自《斋藤茂吉随笔集》
岩波书店
1986年10月

译者　谢咏臻

陶瓷器读本（节选）

小野贤一郎

小野贤一郎（1888-1943），陶艺评论家，出生于福冈县。历任大阪每日新闻记者、东京日日新闻社部长、日本放送协会事业局次长，杂志《茶碗》主编。创设实云舍，出版了《陶器大辞典》《陶器全集》等有关陶艺的图书。

陶瓷器的历史

陶瓷器有非常悠久的历史，从考古学的角度来探讨可谓无穷无尽，也不是我能够涉及的范围。但是，陶瓷器曾经在某个时期达到登峰造极的程度，当时将懂得陶瓷器技术的人尊称为"瓦博士"。记得我在小学上历史课的时候听老师讲过百济来的瓦博士的故事。之后随着时代的发展，陶瓷匠人有过受到权力者的保护身处高位的时代，也有过只被当作一介劳动者在山间的简陋小屋与土和辘轳朝夕相处共居一室，被人忽略的时代。

现在和昭和时代都是国运兴隆的时代，如今对那些曾被人们视为古董的陶瓷器的研究日渐兴旺。它们为何完全被人闲置，颇让人觉得不可思议。人类自出生离开母乳的喂养，一直是手捧茶碗、手执双筷度日的，实际上每日三餐都与茶碗有着无法切割的缘分。有位植物学博士曾经说，在人类身边一直施与恩惠的是植物。原来如此！人类生活中的确有很多东西涉及木材，房屋、桌子、柜子、小饭桌，等等。而且，我们无法否认大量的陶瓷器在人类生活中发挥的作用，并且，这样的陶瓷器在与人类生活的交融中产生了某种魅惑力。

世上有一些人醉心于建筑或和服，但是没有比陶瓷器更可以让我们在日常生活中无须牺牲太多就可以享受的东西了。或许有人会提及价值连城的茶叶罐或茶碗，这不是本文涉及的内容。在此将要给大家谈谈个人的鄙见。当然，仅仅只是个人的短见薄识，并非试图教授指导别人。因为自己也想学习，自然这篇文章就是将自己的思考整理成文字的一个学习过程。

陶瓷器的欣赏方法

我们应该怎样来欣赏陶瓷器呢？谈论这样的问题自

然应该按部就班有个顺序，因为我是新闻记者，如果忙中偷闲、一口气整理出来，恐怕无法有条理地道来。所以现在就只能想到哪讲到哪。

最后，还有一件重要的事情。需要说明的是，这里所说的陶瓷器仅限于涂有釉药的陶瓷，或许会用一些中国汉代的瓦器、日本的祝部土器等为例，但是需要明确的是，主要还是以"釉陶瓷器"为主题。

了解年代

欣赏美术工艺品必须了解年代。虽然这是众人皆知的常识，可实际上并非如此。有人说只要了解器物本身即可，了解本体就已经足够，等等。这样的说法或许有它的道理，但是，如果能够清楚地了解器物诞生的时代，应该可以加深兴趣、提高鉴赏力吧！如果了解时代的情况，对器物的欣赏就会更加明确，可以与那个时代息息相通。

奈良时代到平安时代漆工艺最为盛行，陶瓷器进入镰仓时代以后才逐渐发展起来。跨过了一段暗黑时代以后，从足利末期到织丰时代及至德川初期，随着茶道的兴盛陶瓷逐渐发展。德川末期以后，随着茶道的衰落，陶瓷器也陷入衰落、模仿与媚俗的状态中。明治维新以后因为对西洋的崇拜，出口品自然带上媚态。这么多需要叙述的内容让人顿觉困惑。在此，为了帮助大家建立一个历史性概念，特在附录附上年表。具体说明就无须赘述了。

不过，在此需要强调的是必须了解年代，陶瓷器并非偶然成形、诞生的事物。希望大家了解陶瓷器一定是时代的衍生之物。

足利时代的茶道

足利时代，禅家的僧侣们喜好茶道，茶道里飘逸着一种禅的氛围。报舍的理念使他们认为茶碗盛有茶或米饭体现了人生最大的幸福。这样的意念也体现在茶碗和钵的形状之中。织丰时代进入豪华时代、德川时代的变迁等在陶瓷器中都能找到踪影。虽然也涌现出了仁清、光悦、干山等大人物，但是最终依然是时代在造就人，即使貌似反抗时代的人物最终也只是赶上了时代的浪潮而已。了解时代也就意味着了解陶瓷器，这是欣赏陶瓷器的一个重要条件。

陶瓷器的寿命

陶瓷器的寿命比人类的长得多，即使破归尘土也依然存在，与人类共葬土中照样存活，特别是传世物品，更是经过世代相传，至今栩栩如生。伴随着历史的发展，装陶瓷器的口袋、木箱，木箱上的文字，木箱的捆绳，木箱上贴的小纸片也都在向我们倾诉着时代的故事。

历史标本

传世陶瓷器为我们留下了丰富的文化史料，土中的残片也确确实实地保留下来。器物的姿态向我们讲述着历史，器物的质地向我们讲述着产地，器物上的纹路向我们讲述着时代的文化，百川归海，交融在一个器物上，便成为我们考察历史文化、民族交流等所有领域的历史标本。

摘自《增补陶瓷器读本》
宝云舍
1932 年 7 月 20 日

译者　吉田庆子

翻译的苦心

幸德秋水

幸德秋水（1871—1911），日本明治时代的记者、思想家、社会主义者、无政府主义者。本名幸德传次郎，秋水这个名字来源于《庄子·秋水篇》，是其师中江兆民起的。1904年，幸德秋水与堺利彦共同翻译发表《共产党宣言》，他们第一次将《共产党宣言》介绍到亚洲。幸德秋水在"幸德大逆事件"中被处死。

有人说对文人来讲，世上没有比翻译更轻松的追逐名利的方法了，只要将别人的思想、文章，别人从左到右写下来的东西再从右到左机械性地重新写一遍就大功告成，功能与电话机、打字员相差无几。持这种观点的以从未接触过翻译，尤其是从未学过外语的人居多。

其实，这种说法荒谬至极！我们姑且不论思想，单就文章写作来讲，翻译比写文章要困难多了，至少难度并不低于作文章。稍有责任感的翻译人员对原作者、读者所耗费的苦心非同寻常。

翻译首先必须明确理解原文的含义，这是非常困难的一项工作。在外国长大的人可以理解原文的意思，正如英美国家的人理解英文，日本人理解日语一样，但他们又并不完全了解外语的翻译，即便非常有学问的学者也会遇到一些让人挠头不解的地方。即使通读时完全可以理解的文章，一旦逐字逐句执笔翻译时，也会遇到几处意义含混的无法翻译的地方。实际上如果遇上翻译大型书籍，要想逐字逐句毫无谬误地完全翻译出来几乎是不可能的事情。不单笔者常感觉自己学问素养缺乏，听说就连大家也有相同的感触。可我们也不能把这个当作错译的理由，必须尽全力不出现谬误，实际上这也是最困难的地方。

有时候虽然我们能够充分理解原文，可以像对待本国文字一样咀嚼理解，可一旦下笔马上就会遇到措词的困难，要将原文的意思用最适当的文字表达出来并非易事。即使具备充分的文字功底也无法从中寻觅，其苦心与古诗人思索推敲毫无二致。嘴硬不愿认输的先生会嘀咕，这是日语和汉字缺乏合适的对应词汇造成的。其实并非因为缺乏词汇。已故的中江兆民先生曾说是因为其人腹笥空虚,而已故的森田居士①、鸥外君(森鸥外)等之所以能够翻译自如,也是因为他们有深厚的文字功底作为有力的武器。

其实,一般使用的单词熟语没有对译词倒还好处理,一旦遇上专业用语、学术用语等还没有确定的对译词就让人苦思冥想煞费苦心了。笔者曾经翻译过几本有关社会主义理论的书籍,被搞得焦头烂额。比如经常使用的"资产阶级"这个词,就无法完全将社会主义理论中所谓的资产阶级的概念完全表达出来。数年前,我与堺利彦先生共同翻译《共产党宣言》时,经过反复商量最终达成妥协,把它翻译成"绅士阀"。实际上,所谓的"绅士"并非英文"gentleman"所指的风采奕奕的绅士。日语中所谓的"绅士"是指老爷们,相对于劳动者来说代表的是中产以上的阶层。

其他的如阶级自觉性(class-conscious)、平民或劳动者②(proletarian)、剥削(exploitation)、土地征用(expropriation)等,有很多词汇在用于社会主义理论范畴时具有特殊的含义。大家一直翻译为工会组织的这个词也有"guild""trade union""industrial union""labor

---

① 指森田思轩,日本翻译家、汉学家。——译者注
② 原作者标注,中文后翻译为无产阶级。——译者注

union""syndicate"等表达方式，各不相同，必须分别创造对译词，这样的例子数不胜数。从这些译词可以了解明治初年箕作先生、福沢先生、中村先生①等前辈们创造权利、义务等译词以及其他哲学、理化学、医学等前辈创造各种用语煞费的苦心。

即使有了适当的对译词，可仅仅忠实地按照原文逐字逐句一节一段地排列文字也绝对不能成为文章。完美的翻译不仅需要传递文章的思想，还必须模仿文章的文笔。如果原文轻快就必须轻松活泼，流畅的地方就需要行文通畅，雅健的地方必须典雅刚健，滑稽的地方还得诙谐幽默。也就是说，如果只是忠实地按照原文逐句翻译的话，将造成笔端窘束，译文会完全丧失生命力。如果要使译文保留原文的文势笔致的话，就有必要删减原文的字句，采取倒置前后等策略，实际上这是一个有担当的翻译人员进退两难之处。古代三藏法师翻译经文时因为耗尽心思曾感叹翻译就像鸟雀咀嚼食物后传递给幼子，美味留在母亲的舌尖，幼子只能食其糟粕。

不注意文势笔力的翻译不仅有可能使文章晦涩难懂，读起来毫无趣味，还有可能造成大家无法理解文章实际含义的结果。文艺家、小说家们翻译的文章想必不

---

① 指箕作麟祥、福沢瑜吉、中村正直先生。——译者注

会出现这样的情况。但是有些科学家即使有博学学士的名号，写起文章来也是一塌糊涂。他们的翻译不仅给读者带来障碍，也实在是违背原作者的初衷。反之，文章虽然流利巧妙却与原意背道而驰，如果遇上不解之处就毫不客气地删减，或随意改写后连贯前后，巧妙得即使与原文对照也丝毫不能发现他们省略修改的痕迹。这是自恃文才、欺骗读者的行为，这种现象在文艺家中并不少见。西方翻译有"叛逆"的说法，晦涩的文章、随意改写原意的文章，完全是对原作的叛逆。

中江兆民先生曾说将雨果等文学家的警句翻译成日语时，如果想要保留作者的文笔气势就必须具备比雨果高超的文笔水平。也就是说，如果要翻译好原文，必须具备比原作者更好的文笔。由于中江兆民先生心存这样的理念，所以虽然翻译了大量科学理论方面的书籍，却从未碰过文学书籍。

但是，即使是不以文章为主的学术理论书籍，中江兆民先生也尽量采用雄健明快的文笔来翻译，不仅丝毫不留下斧凿的痕迹，同时极其忠于原文。他在文章中曾明确写道，如果有丝毫欠缺对原文意义的理解，都只能说明是译者学而不精、能力不够，他都会在书上留下记号，绝对不会随意处置。这是翻译家理应尽的义务，也是当今卖弄笔墨的才子们根本无法达到的境界。

我虽然没有翻译文艺学术作品的能力，但在新闻方面倒是有些许经验。23岁的时候，我一下子从兆民先生的门下生被提拔到自由新闻担任翻译，要求翻译路透社每月的电报，当时的新闻机构没有直接从海外收取电报，所有的电报都是转载从横滨来的信件或新闻。这些电报与麦考莱、狄更斯或卡莱尔等的作品全然不同。一开始我真是不知所措，面对短短三四行的电报，每日都翻译得千辛万苦。翌日与其他报刊一比较自然四处都是错，经常既无脸面又痛苦万分，弄得泫然欲泣，但是公司既没有责怪我的错译，又没有驱赶我离开，当然它开出的工资也不可能雇用一个能够独立胜任的翻译家。

一年半左右，我转职到中央新闻处。在那里也因为翻译错电报大丢脸面。此外，我还担任英美新闻杂志的编译，这也是一个烦琐的工作。新闻和文学作品、辩论的文章不同，如果只是将事实要点简单明了地记录下来倒还好办，我的工作需要将各种新闻先整体通看一遍，从各种报道中寻找出比较有特色的文章，要么全部通读一遍，要么不读只是取其要点，这个工作需要大量的修炼，外行人是无法完成的。为了仅仅十行二十行的报道有时候需要读三百行、五百行的文章，更有看了三五页也不得要领的时候。

明治三十一年（1898年）以后的六年，我在万朝报社工作。这个公司当时聚集了以黑岩君为首的，包括内山、山县、斯波、田冈、丸山、久津见等洋学家们，因此我更是深感自身能力缺乏，更迫切地发奋读书，年中年末得到的奖金除少部分拿到芳原去以外，大部分都用来买书了。大部分有关社会主义的书籍都是在这个时期看的，但在公司没有必要做翻译。在万朝报社通读大量的新闻报刊后将重要的奇闻轶事挑出来。这个工作数斯波贞吉君做得最好，而这也是一种翻译的方法。

明治三十六年（1903年）年末，日俄开战前夕，周刊平民新闻也开始发行。我每周的翻译工作也增加了。也就是说，我必须从外国寄来的十几种社会主义、无政府主义新闻杂志中翻译出一些体现世界社会运动状况的文章刊登在每期报纸上，每次读写都是彻夜奋战。第二年夏天，路透社的电报说伦敦时报上刊登了一篇尖锐的日俄战争文章，一下子震惊了世界。没多久新闻就到日本了。东京朝日新闻的杉村楚人冠君说有原版资料和剪报可以给我一份。送到手时已经是周一了。当天晚上我就和堺利彦一起投入翻译作业，争取周四翻译完后赶上周日发行。我们将文章分成几段，我翻译第一段的时候堺利彦就开始翻译第二段，他的第二段还没有翻完时我的第三段就已经开始了。按照顺序出来以后就直接送到印刷厂，就这样我和堺利彦在没有通读全文的情况下用这样莽撞的翻译方式，在短短的三天时间内完稿。基本上我没有睡眠，累得筋疲力尽。该论文在朝日新闻分十几日连续登载，加藤直士君一两月后就整理成书发行了，其中数我的翻译最笨拙。之后每每想起翻译的难事都让我深深感觉到推敲的必要性。

之后，我又与堺利彦共同翻译了《共产党宣言》，这是马克思的名著。文章的论点表达义正辞约，最初翻译出来的文章让我不由得为自己的佶屈聱牙羞耻万分。这次失败让我意识到世界古典文体，特别是社会问题、经济问题、研究权威的历史文章的翻译必须严谨，不但要注重字句的翻译，且需要保持庄严的文风，因此很多地方都采用了汉文调。去年我还翻译了《总罢工》一书，现在又在翻译《夺取面包》，因为有以前的教训，这次尽量采用自由的言文一致的文体。

一篇文章里面有适合翻译成言文一致的地方，也有适合汉文调的地方，或雅俗折中的方式翻译起来较为容易，各式不同。

《夺取面包》是俄罗斯社会党领袖彼得·阿列克塞维奇·克鲁泡特金的作品，曾受到左拉赞誉。因为文章浅显易懂，我倒没有担心理解上出现谬误，但着手翻译后才发现，如果丧失了他轻妙、锐利、讽刺、痛快的文笔，文章将会黯淡无光。每翻译一节都深感辜负了作者，因此叹息不已。

像我这样本来不是搞文学艺术的人，翻译的内容仅局限于新闻杂志的论文、杂报和宣传社会主义的书籍，即便如此，翻译的工作都如此费心，那更无法想象那些美文小说的翻译是何等艰难了。

即便我们如此苦心竭力，翻译出来的文章和原著比较仍然感觉笨拙不已。加上世上总有一些人评头论足说一些无聊的东西，因此想来翻译绝不是合算的差事。不过，反过来想这倒是一件极其有益的工作。我每次翻译都会把原文反复阅读数十次，以加深对原著的理解，因此阅读能力迅速提高，也有益于修炼文章的写作，不过这些都是个人的事情。从对社会公益的角度来讲，为了普及文艺、学术、政治经济以及其他各种世界知识，翻译更多的书籍是当务之急，因此高水准的翻译家也是当今时势所需。

摘自《日本的名随笔·别卷45翻译》
作品社
1994年11月25日

译者　吉田庆子

论翻译

神西清

神西清（1903—1957），小说家、翻译家、评论家。东京外国语大学俄语系毕业，在校期间曾与竹山道雄、堀辰雄等创建同人杂志《萤》，发表戏曲、小说、诗歌等。大学毕业后在北海道大学图书馆工作，同时从事创作，1929年转入东京电气日报社，1931年开始专职创作。1937年因翻译业绩获第三届池谷信三郎奖，1951年因翻译《万尼亚舅舅》获得艺术选奖文部大臣奖。

让我针对翻译写点什么，可我并不是翻译专业毕业的，不过是因为爱好从事这事，也没有什么特别的理论主张。我想仅就最近流行的单色版翻译谈谈我个人的想法。

单色版翻译也就是野上丰一郎先生所提倡的"理性

传达原文的含义"的所谓"合理主义"的方法论。当然，这种理论为翻译所设定的极限确实有一定的道理。首先应该肯定这个理论的智慧之处，只是这智慧包含着无限矛盾。这一点也是无法开脱的。

换句话说，我认为这个理论容易被人误解的原因是将翻译的生理、心理等从理论方面单纯地切割开来。

一般大家会把森鸥外的翻译作为单色版学说最恰当的依据。但是世上没有比这样的理解更滑稽的错误了。相反，应该说找不出任何文学家能够赶得上森鸥外的词汇色彩强度。森鸥外的翻译文章从含义到色彩以及与色调之间的联系都是他经过极其谨慎斟酌后挑选出来的，是使用最恰当的词汇素材建构起来的稳固建筑物。还有谁能写出《鱼玄机》呢？还有谁能写出《即兴诗人》呢？不，这么主张的人所看到的大概是森鸥外近晚年时期素雅恬淡的翻译文吧！而支撑那恬静如流水的行文正是现今人们到底无法模仿的森鸥外的严谨风格，平实易懂是他独特的文风。从这种意义上讲，那是一种书面语。连这个都不能分辨的人只能奉劝他干脆放弃搞文学！

话说回来，翻译首先可以被视为一种表达方式，为了排除在表达上产生的各种烦琐的与原文相异的部分，必须借助外力，创造出一个新的形象。野上丰一郎先生也提到了这个问题，这是一件早晚需要解决的事情，对于这一点我非常赞同。不过，我也强烈地感觉到即使有一天这个创造出的形象得以实现，不出意外也具有自身的局限性。

去年秋天，纪德在日记中说翻译工作是"随思路下笔"的，这是其赞扬司汤达的名言。他谈到因为翻译是处理别人的思想，当我们对这个思想进行包装的时候就会涉及语言选择和表达问题，其结果是"不管想说什么都会有多种表达方式，最终确信正确的说法只有一个，因此，就产生不得不把内容与形式，感情、思想与它的表现等本来应该合为一体考虑的问题分开考虑的恶习。"

他一语道破翻译这种不自然的劳动给人类思考带来的毒害。这给那些想以翻译为志的人敲响了警钟。但是我们现在面临的问题是另一个侧面——一个苦涩的真理，就是即使我们实现了认知上的西化，翻译的道路也并不会因此而变坦途，这是一个令人沮丧的真理。

大概有点良心的译者在翻译的时候首先都要做好放弃自我的准备，别无他法。翻译人员一方面沉浸在原作的含义、思想中，同时另一方面还要将支持原作者创作的情感和氛围也都转化到自己身上，这是一种不可思议的欲望和诱惑。说得极端一点，不是仅仅停留在接受抽象的概念，而是一种触及原作者体温的欲望。

如果世上存在完美无缺的翻译的话，那就是种幻想,你的感觉必须与原作者吻合到一个不可思议的玄妙境界。实际上,如果真是这样也太恐怖了,就像两个完全相同的指纹一样。重要的是,如果没有陷入重新创作这样危险的诱惑中,那么翻译作为创作的一种到底是否成立?当然必须明确,事实上这样的翻译根本不存在。

合理主义最终剥夺的是翻译自身的情绪,这样的主张听起来似乎很正确。不过,我感觉这样的要求似乎过头了,加上翻译需要尽量在心理上达到与原作者的接近,这样恐怕会剥夺翻译的欲望,这是留给翻译的唯一自由。既然是创意,就应该尽可能地尊重。

翻译就像被暗火熏烤的木材一样,本来就是被强迫燃烧,违背自然法则。将单色版翻译理论作为拯救翻译的原则毫无意义,翻译之路只能是苦行大道。

摘自《大尉的女儿》
岩波文库,岩波书店
1939 年 5 月

译者 吉田庆子

后记

　　2014年笔者与学生翻译了《法窗夜话》，随后大家都有意犹未尽之感，因此开展了此项目的翻译。一开始只是《法窗夜话》翻译小组的几个主要负责人参与，原计划是以明治时期的散文为中心选择一些介绍日本风情世俗的文章，由于日本明治时期作品文体不统一，与"言文一致"运动发展后的现代文大不相同，加上一些古诗歌等夹杂其中，翻译的进程比我们预想得要缓慢得多。之后，学生们陆续毕业，又因大家工作繁忙，项目搁置了很长时间。2019年在编辑郭善珊女士的鼓励下，本人对原来的翻译稿进行了修改编排，并重组人员再次投入翻译工作，最终花费了一年半的时间才得以完稿。

　　这套作品共三册，分别是《京都的早市》《与太宰治共度的一天》和《雪的障子》。本来计划在东京奥运会期间出版，没想到中途受疫情影响，一切工作都不得不停顿下来，直到2021年赶在年底前陆续完成了最后的修改和校稿工作。得到近期将要正式出版的消息，想到大家多年的努力终于得见天日，思绪万千，感觉既兴奋又惭愧。

日本的明治时代一般是指从1868年明治新政府成立到1912年明治天皇驾崩的45年时间。在这个时期日本国民经历了国内、国际政治的巨大变革。不到半个世纪里，日本改变了封建式的锁国政策，积极模仿欧美各国，引进立宪制度，将日本发展成为一个资本主义近代国家，这些对大正、昭和时代的影响自然无需赘言。在这样一个瞬息万变的时代，日本文坛诞生了大量日后被誉为文豪的作家，留下了很多至今让我们百读不厌的跨时代的优秀文学作品。

这套作品集结的文章时代跨度从明治到昭和初期，我们筛选出了具有时代特征的约七十篇散文，是日本知识分子对人生、生命、文化、生活、艺术、社会、法律、语言、翻译等不同领域的理念、主张及日常生活的记录。文章清新雅致，风趣幽默，寓意深刻，可谓篇篇字字珠玉。

参与本系列作品翻译工作的八名翻译大都是本人指导过的学生。他们都是在中国大学毕业后来日本留学深造，坚实的汉语功底为他们从事翻译工作提供了很大的帮助。

蔡承纬出生于台湾高雄，他温厚寡言，随遇而安，因高中时接触游戏王卡片游戏开始自学日语，其后又被日本动漫文化所吸引，对日本神话等领域也有所涉猎。中国台湾中兴大学（以下简称"兴大"）毕业后，他于2012年赴日留学，在关西外语专门学校专攻中日口译笔译。他用悠缓的文笔向大家娓娓道出日本民艺运动的领袖人物柳宗悦所描述的京都早市风景。

陈怡如也是兴大毕业后才来日本大阪求学的，之后任职于企业，从事有关生物专业书籍的翻译与校对工作。她翻译的作品《平民道》可以让大家详细了解新渡户稻造这位明治时期的教育家、政治家对西方民主政治的诠释和雄心抱负。

林巍翰在关西外语专门学校读书期间就已经是一位非常优秀的翻译了。他从中国台湾清华大学毕业后留日，现在专职中日笔译工作，已出版了二十余本译作，内容涵盖历史、政治、哲学、科普以及健康饮食等领域。他的作品《雪的障子》文采斐然，《空知川岸边》则将我们引到浩瀚无边的北海道，领略自然的壮观。

涂丽君是江西南昌人，大学本科毕业后留学日本，在大东文化大学研究生院获得硕士学位。回国后主要从事日语教学及医疗翻译等工作。她翻译的《传而不习乎》让读者了解到日本艺术家北大路鲁山人先生对艺术的执着以及将陶瓷艺术和料理融为一体的艺术境界和审美意识。

谢咏臻出生于中国香港，大学毕业后就职，于2011年留日，而在关西外语专门学校专攻中日口译笔译，现于日本工作、定居。她翻译的明治诗人冈本加乃子的《教育丈夫的十四种方式》让人忍俊不禁，而日本画家上村松园女士的《京都昔日》则把我们引领到京都幽美寂静的井深小巷，领略京都人生活的点点滴滴。

张辉是山东人，大学毕业后留学日本，在关西外语专门学校专攻中日口译笔译。毕业后进入大东文化大学研究生院深造，于2022年3月获得硕士学位。他擅长中日法律翻译，在校期间就曾参与法律专著《北航法律评论》(中野次雄著)的翻译工作。他翻译的有岛武郎先生的《命运与人》内涵深邃，引人思考。

张闻是广西贺州人，大学毕业后留学日本，2015年就读于关西大学，专攻汉语教育学，于2017年3月获得硕士学位。同年进入神户市外国语大学攻读博士学位，专攻现代汉语语法研究。她翻译的太宰治的《酒的追忆》和丰岛与志雄的《盛夏幻影》都是极其值得欣赏的作品。

赵呈琦是陕西人，大学毕业后留学日本，进入关西外语专门学校专攻中日口译笔译，在校期间曾多次参与商务、旅游翻译工作，毕业后从事中日贸易等工作，于2019年取得名古屋商科大学商学院的MBA硕士学位。他曾作为小组负责人参与《法窗夜话》的翻译工作。他下笔灵巧，把科幻作家海野十三先生的《空气男》中增子夫人的母老虎形象翻译得惟妙惟肖，栩栩如生，而宫泽贤治的作品《洞熊学校毕业的三人》则意义深刻，引人深思。

为了将这些美文介绍给读者，我和学生们都付出了极大努力。但由于时间仓促，加上译者的水平有限，译文中难免会出现谬误与不当之处，欢迎各位老师、读者批评指正。

最后审稿时在解读古文诗歌方面我得到了大东文化大学日本语学科日本古典文学专家藏中教授的支持和帮助，这次审稿还成为了新项目《宫泽贤治童话》多语言对译版日语读解系列教材的出版契机。

最后，值此书付梓之际，我要对华中科技大学出版社编辑郭善珊女士的多年等待和鼓励表示由衷的感谢！

吉田庆子
2022年4月于大东文化大学研究室